JN001657

さとう
SATOU

Illustration
Yoshimo

シェリー
アシュトの妹。
『氷姫』の異名を持つ、
元・王国最強の魔法師。
アシュト
本作の主人公。
魔法適性が「植物」だった
ために家を追放され、
魔境オーベルシュタインの
領主となる。
パナップ
ブラックモール族の一人。
ポンタと見分けるのは
至難の業。
ポンタ
ブラックモール族の
リーダー。鉱石を
掘るのが大得意。
主な登場人物
CHARACTERS

フォルテシモ
ドラゴンロード王国国王の姉で、アイオーンの母。めちゃくちゃ強い。
レクシオン
ドラゴンロード王国王妃の弟で、アイオーンの父。実はシスコン。
ルミナ
黒猫族の少女。気ままな性格で、トラブルを起こすこともしばしば。
アイオーン
ドラゴニュート族の少女。一見知的な美少女だが、危ない趣味がいっぱい？

第一章　激おこシルメリアさん

魔境オーベルシュタインの片隅（かたすみ）で、緑龍（りょくりゅう）の村の村長として日々働いている俺、アシュト。

先日はリュドガ兄さん夫妻の出産に立ち会うため、久々に実家のあるビッグバロッグ王国に里帰りした。

新しい家族の誕生には感動したし、俺の植物魔法で出したでっかい桜の木でお祝いできて、とてもいい思い出になったよ。

そして俺は、緑龍の村に帰ってきた。

約一か月ぶり。本来は二十日ほどで帰る予定だったが、いろいろあって延びてしまった。もちろん、遅くなる旨（むね）は手紙で伝えてある。

緑龍の村の入口に俺たちの乗ったドラゴンが着陸。

出迎えてくれたのは、銀猫（ぎんねこ）族のメイド長シルメリアさん、俺の秘書を務める闇悪魔（ディアボロス）族のディアーナ、龍人族（ドラゴニュート）姉妹のローレライとクララベル、そして、村の警護をする龍騎士たちやサラマンダー族、村の生産を担うハイエルフたちだった。
ドラゴンから降りると、クララベルが俺に抱きつく。

「おかえりお兄ちゃんっ!!」

「クララベル。ただいま」

クララベルを撫でると、にこにこ顔で笑う。

ローレライも俺の傍（かたわ）らへ。

「おかえりなさいアシュト。赤ちゃん、生まれたのかしら？」

「ああ。その辺も含めて、話すことがいっぱいだ……な、シェリー、ミュディ」

「そーね。あとお土産（みやげ）もいっぱいあるから」と、俺の妹のシェリー。

「ふふ。とりあえず荷物を下ろして、お土産を配らないと」と、俺の幼馴染で妻のミュディ。

「その前に、まずはお茶でも飲みましょう。空の旅、疲れたでしょう？」

ローレライがそう言ってシェリーたちを連れ、新居へ。

俺は集まった住人たちに挨拶――

ん？　だけどなんだこれ、寒気が……？

「――し、シルメリアさん？」

シルメリアさんから冷気が出ていた。

ヤバい、目がおかしい。

いつもは優しい目をしてるのに、青い水晶みたいな目が光っているように見える。

あ、これ……すっかり忘れてた。

銀猫族の少女ミュアちゃんをはじめとして、村のちびっこたちは荷物に隠れて俺についてきたんだっけ。途中で断りを入れたけど、最初はシルメリアさんに無断だったんだよな。

「にゃ、にゃあぅ……し、シルメリア」

半泣きのミュアちゃんをシルメリアさんがたしなめる。

「……勝手にいなくなり、どれだけ心配したかわかりますか？」

「わ、わぅぅ……」

「あなたたちが村からいなくなってしまい、住人たちが必死に捜索してくれたことはご存じですか？」

「みゃうぅ……」

シルメリアさんに叱られて、他のちびっこたち——黒猫族のルミナに、魔犬族のライラちゃんもガタガタ震えている。

シルメリアさんとは二年以上の付き合いになるけど、こんなに怒っている姿を見たのは初めてだ……サラマンダー、ハイエルフ、龍騎士とその騎獣であるドラゴンたちまでガタガタ震えている。

ドラゴンが怯えてる姿なんて初めて見た。

「ご主人様が留守にすることは事前に伝えておいたはず。いくら寂しいからといって、私や他の住人たちにも内緒で荷物に忍び込むとは……」

「「「…………」」」

あらら、ちびっこたちのネコミミとイヌミミが萎(しお)れてしまった。

でも、今回は助けない。シルメリアさんにちゃんと怒られ、ちゃんと謝ると約束したから、ビッグバロッグ王国に連れていったんだ。

「あなたたちには罰を与えます。一か月間は休日なし、おやつなしです」

「にゃう……」

「くぅん……」

「みゃあ……」

「ご主人様、構いませんね？」

シルメリアさんにいきなりギロッと見られたので本気で驚いた。

「え!? あ、はい!? あ、はは、はい」

ここまで本気で怒っているシルメリアさん、マジ怖い……それだけ心配したってことだ。

けど、俺って甘いよな……ミュアちゃんやライラちゃんが手に持っているお土産の袋を見て、シルメリアさんや他の銀猫族のメイドたちに喜んでほしいちびっこたちの思いがわかってしまった。

悪いことをしたら反省。でも……元はといえば、俺と離れたくないが故の行動だった。

なら、責任は俺にもあるはずだ。俺が最初からミュアちゃんたちが寂しい思いをしないよう、連れていくと伝えてれば、こんなことにはならなかったのだから。

「シルメリアさん。ミュアちゃんたちは無断で村からいなくなりました……でも、それは俺と離れたくないが故の行動だったんです。責任は俺にもあります」

「……そんな、ご主人様に責任などは」

「いえ、あります。これは譲れません。だから、罰は俺も受けます」

「…………」

「確かに、ミュアちゃんたちは悪いことをした……でも、シルメリアさんたちに喜んでほしくて、いっぱいお土産を選んだんです。俺も一緒に、後でちゃんと罰は受けます。だから、今日だけは楽しい気持ちで、この子たちの話を聞いてやってくれませんか？」

甘々だよなぁ～……でも、みんな可愛いからしょうがない。

シルメリアさんは大きく息を吐き、ミュアちゃんと目を合わせるためにしゃがむ。

「ミュア。もう心配させないこと」

「にゃう……」

「ライラも、ルミナも。いいですね」

「くぅぅん……」

「みゃう……わかった」

「宿舎にみんなを集めますから、お土産を見せてくれますか？　それと……ご主人様の故郷のお話を聞かせてください」

「あ……にゃ、にゃう!!　わかったー!!」

「わ、わたしも!!　魔犬のみんなも呼んで!!」

「あ、あたいは……まぁ、一緒にいてもいい」

シルメリアさんと一緒に、ミュアちゃんたちは銀猫の宿舎へ向かった。

とりあえず、今日はこれでいいかな。


新居に戻ると、ハイエルフのエルミナを含めた俺の嫁たちがお土産を広げていた。

「これ、ビッグバロッグ王国のお酒。トウモロコシで造ったテキーラよ」

「わお!!　すっごく美味しそう……ありがと、シェリー!!」

妹のシェリーが渡すと、酒好きのエルミナはテンションが上がっている。

「ローレライ、これ……図書館でお掃除とかする時に羽織るケープを買ってみたの。自分で作るのもいいかなって思ったけど、すっごく可愛いデザインのがあったから」

「まぁ……まるで龍の鱗みたいね。ありがとうミュディ」

ローレライはファッションデザインが得意なミュディに服をもらって嬉しそうだ。

なんかめっちゃ楽しそう……俺が入る隙がない。

そう思いこっそり離れてリビングへ向かうと、樹木人(ツリーマン)のウッドが背中に飛びついてきた。

『アシュト、オカエリ、オカエリ!!』

「まんどれーいく」

「あるらうねー」

頭に葉っぱを生(は)やした植物幼女、マンドレイクとアルラウネの二人も俺のズボンを引っ張る。

「おお、ただいま。ウッド、マンドレイクとアルラウネ」

……ああ、この子たちも寂しかったのか。

俺は二人を抱っこしてリビングのソファへ座る。

「あ、お前たちにもお土産があるんだ」

カバンからウッドたちへのお土産を取り出す。

「ウッドはこれ、シャヘル先生に教わって作った、エルフ族秘伝の植物栄養剤だ」

『ワア……アリガト、アリガト!!』

ウッドには俺の薬師(くすし)としての師匠であり、エルフ族のシャヘル先生が作ったオリジナルの栄養剤を渡す。スライム製の瓶に入れられた栄養剤が、ケースに三十本ほど入っている。

ウッドはそのうちの一本を取り出す。

それをゴクゴク飲み始め、ぷはーっと一気に飲み干すと腕で口を拭(ぬぐ)う。

『ウマイ!!　モウイッポン!!』

「こらこら。飲みすぎはダメ。一日一本にしなさい」

『ハーイ‼』

なんか酒を飲むドワーフみたいな感じだった。

次はマンドレイクとアルラウネ。

「お前たちにはまだ早いかもしれないけど……ミュディやシェリーと一緒に町を回った時に買った、お揃いのネックレスだ」

「まんどれーいく……」

「あるらうねー……」

二人には、金属を加工して模様があしらわれたネックレスを渡す。

子供用の廉価なやつで、小さな二人にはピッタリだ。女の子だし、小さい子でもこういうお洒落は大事だってミュディも言ってたしな。

二人はネックレスを首にかけ、嬉しそうに互いのネックレスを見せ合っていた。

「まんどれーいく‼」

「あるらうねー‼」

「気に入ったか？　よかった」

「ふふ。可愛いわねぇ～♪」

「はい。喜んでもらってよかったぁぁぁぁぁっ⁉」

「はぁ～い♪」

なんて話していたら、いつの間にかソファの隣に『神話七龍（しんわしちりゅう）』の一人、『緑龍ムルシエラゴ』こ
とシエラ様が座っていた。

うーん、安心しきっていると驚くな。本当に神出鬼没だ。

もっと気を引き締め……いや、なんでだよ。シエラ様が気を遣ってくれればいいのに。

「ふふ。ビッグバロッグ王国への旅、お疲れ様」

「い、いえ……赤ちゃんも生まれましたし、贈りものもできたので。あ、シエラ様にもお土産が」

「あら嬉しい♪」

「えっと、気に入るかどうか……その、シエラ様は綺麗な緑の、森みたいな色の髪なので……小さ
な鳥の髪飾りを買ってきました」

「あら……綺麗」

青い鳥の髪飾りだ。シンプルだが、シエラ様に似合うような気がして……衝動買いだった。

シエラ様はクスッと笑い、髪飾りをつけてくれた。

「似合うかな？」

「は、はい……すっごく」

「ふふ。ありがと♪」

シエラ様は、笑顔がとても素敵でした。

第二章　新たな龍人

ある日、龍人が暮らすドラゴンロード王国の上空に、三体のドラゴンがやってきた。

一体は、透き通りながらも濁りのある外殻を持つ白濁色のドラゴン、『鋼光龍（ダイヤモンド・ドラゴン）』フォルテシモ。

もう一体は、空のような色をした翼が四枚あるドラゴン、『蒼空龍（ブルースカイ・ドラゴン）』レクシオン。

そして最後の一体が、群青（ぐんじょう）色の外殻を持つ翼龍、『時流龍（クロノスタシス・ドラゴン）』アイオーンだ。

ドラゴンロード王国王城の巨大な中庭に龍騎士団を整列させ、国王ガーランドと王妃アルメリアが直々に出迎える。

だが、ガーランドはやや緊張していた。

地上に降りた三体のドラゴンが、人間の姿に変身する。

「久しぶりだなし、ガーランド」

そう挨拶したのは、ガーランドの姉であるフォルテシモ。

「ね、姉ちゃん……久しぶり、元気だったか？」

「ああ。おめぇこそ元気しとったか？　……っと、こほん。あなたこそ元気にしてたかしら」

「ははは。隠居して昔の言葉遣いに戻ったみたいだな」

「やかましい‼　ったく、洟たれガーランドがいっちょ前なこと言って‼」

濁った白い髪をかき上げ、フォルテシモは鼻をフンと鳴らす。

「は、洟たれってなんだよ‼」

そして、別の一角でも再会の挨拶が。

水色の髪を持つ、二十歳半ばほどの青年がそこにいた。

「姉上。お久しぶりです‼」

そうアルメリアに話しかけたのはレクシオンだ。

「久しぶりね、レクシオン。フォルテシモお義姉様に迷惑はかけていないかしら？」

「はい‼　ああ、姉上は変わらない。昔から美しい姿のままだ……」

「ふふ、ありがとう。あなたも変わらない……小さくて可愛い、私の弟のままね」

「姉上……」

アルメリアは、弟のレクシオンの頭を撫でる。

するとレクシオンは頬を赤らめ、まるで少年のようにはにかみ、うっとりとしていた。

フォルテシモとガーランド姉弟と違い、アルメリアとレクシオン姉弟の仲はいい……ややシスコン、ブラコン気味だが。

すると、群青のロングヘアで眼鏡をかけた少女――アイオーンが息を吐く。

アイオーンはフォルテシモとレクシオン夫婦の娘である。

「おじ様、おば様、お久しぶりです。再会の邪魔をして申し訳ありませんが、ご挨拶をしても？」

「おお、すまんすまん。大きくなったなアイオーン、どれどれ、小遣いを」

「ガーランド、後になさい。ごめんなさいねアイオーン。ふふ、よく顔を見せてちょうだい……素敵なレディになったわね」

アルメリアはガーランドを制し、アイオーンの頬に両手を添えて顔を見る。

「おば様……」

アイオーンはローレライと同じくらいの年頃。龍人の象徴であるツノは枝分かれした細かい形状で、珊瑚（さんご）のように見える。ツノの形状は龍人ごとに違うが、アイオーンのツノはとても美しい。

「さぁさぁ、立ち話もアレだ。美味（うま）い酒をたんまり用意しているぞ!! レクシオン、久しぶりに飲み明かそうじゃないか!!」

「ガーランド……キミは相変わらずだね」

「ふん。たった千年ぽっちで変わるわけなかろう。姉ちゃん、姉ちゃんの好きな果実酒もいっぱいあるぞ」

「お、気が利くじゃない。おーいアルメリア、今日は飲むわよー!!」

「はいはい。さ、行きましょうか、アイオーン」

五人の龍人たちの夜は、始まったばかりだ。

夜。親族だけの食事会は大いに盛り上がった。

酒や肉が大量に振る舞われ、昔話で盛り上がり、話題はアイオーンへ。

ガーランドは、ワインをガブガブ飲みながら言う。

「そうだそうだ。アイオーンの留学の件、いい話があるのだ」

「いい話？　なぁにそれ？」

ガーランドの言葉に首を傾げるフォルテシモ。

「姉ちゃん、ドラゴンロード王国へ留学させたいと言ってたが、もっといい場所がある」

「どこ？」

「オーベルシュタイン領土さ」

「……馬鹿かおめぇ。いいか、まだアイオーンは未熟だべ。一人で魔境オーベルシュタインには行かせらんねぇ」

「違う違う。いいか、オーベルシュタイン領土には素晴らしい村がある。ローレライとクララベルもそこで勉強してて、結婚もして幸せに暮らしてる」

「け……結婚!?」

フォルテシモは驚きながら立ち上がる。

飲み会が始まってからは昔話ばかりで、ローレライとクララベルの話題にはならなかった。

レクシオンも驚き、酒のカップを置く。

「結婚とは、ずいぶんと早いね」

「ええ。あの子たちの意思を尊重したの。それに、旦那(だんな)様のアシュトくんは、ガーランドを倒すほどの強者(つわもの)なのよ」

アルメリアに言われ、フォルテシモは驚く。

「え……け、『覇王龍(ケーニッヒ・ドラゴン)』のガーランドを？」

「そうよ。すごいでしょう？」

「……フォルテシモ以外でガーランドを倒せる存在がいるなんて。いたとしても、おじいさまやおばあさまだけかと思っていた」と、レクシオン。

「がっはっは‼　あれは完敗だった。近いうちに再戦したいところだ‼」

豪快に笑うガーランドだが、アシュトが聞けば絶対に拒否するのは間違いない……

アイオーンは、果実酒のグラスをジッと見ていた。

「結婚……」

ガーランドとアルメリア、レクシオンとフォルテシモが結婚したのは、生まれてから数千年以上経過してから……そうアイオーンは聞いた。

それに、話には聞いていた。ガーランドとアルメリアの娘、ローレライとクララベル。

ローレライは自分と同じくらいの年頃の龍人、いい友人になれると。

恋愛もしたことがないアイオーンは、ローレライに興味があった。

「あの、母上」

アイオーンはフォルテシモに話しかける。

「んー？」

「留学、してみたいです」

「えぇ？　でも、ガーランドの話だけじゃねぇ……」

「なら、みんなで挨拶に行くか!!　オレも久しぶりに娘たちに会いたいし、あそこの美味い料理と酒も楽しみたいからな!!」

「ガーランド。全員で行くのは迷惑でしょ」

ガーランドの適当さをたしなめるフォルテシモ。

「がはは。大丈夫大丈夫。そうだな……次に送る手紙に我々の訪問のことを書いておこう。アルメリア、外出の都合はついているか？」

「ええ、まぁ……」

「なら決まりだ!!　よし、姉ちゃんとレクシオン、アイオーンを連れて緑龍の村でバカンスといこうじゃないか!!　がーっはっはっは!!」

龍人たちのバカンス。そしてアイオーンの留学……アシュトが知れば、大いに驚くだろう。

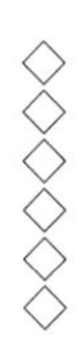

「……というわけで、龍人のアイオーンを受け入れてほしいって話だ」

ある日、俺――アシュトは、ガーランド王が送ってきた手紙をみんなの前で読んだ。

内容は、龍人の王族である少女を、村に留学させてほしいというものだ。

ガーランド王の実姉フォルテシモとアルメリア王妃の実弟レクシオンとの間に生まれた少女で、ローレライと同年代の龍人。名前は、『時流龍』アイオーン。

本来はドラゴンロード王国の学校に通う予定だったが、ガーランド王の提案でこの村に留学させてほしいとか。

ガーランドの娘ローレライは、カーフィーを吸って言う。

「おじ様とおば様の御息女ね……私と同い年と聞いたけど、会ったことはないわ」

「姉さま姉さま、龍人ってことはわたしたちと同じだよね!!　お友達になれるかな!!」

ローレライの妹クララベルは、早速ウキウキしている。

「ええ、きっとなれるわ」

龍人ってことは、ドラゴンに変身できるんだろうな。

すると、俺の妹のシェリーが言う。

「留学って、勉強するんでしょ？　本はいっぱいあるけど教える人は？」

「教師なら悪魔族(デヴィル)がいるぞ。ディアーナなんて、魔界都市ベルゼブブの学園で教鞭(きょうべん)を執(と)ったこともあるらしい」

「え、マジで？」

「ああ。天使族(エンジェル)も悪魔族(デヴィル)も秀才ばかりだし、教師には事欠かないぞ。他にも、シルメリアさんも頭いいから教えられるしな」

「へぇ……知らなかった」

ミュアちゃんたちに文字を教えたり計算を教えたりしたのはシルメリアさんだし、悪魔族(デヴィル)や天使族(エンジェル)は図書館に通いまくっているからな。それに、薬草系なら俺だって教えられる。

ミュディは、クッキーをサクッと齧(かじ)る。

「留学かぁ……一人じゃ大変だよねぇ」

「ま、でも同じ龍人が二人もいるんだ。ローレライとクララベル、受け入れの際にはいろいろお願いしてもいいか？」

「もちろん。同年代の龍人には興味があるわ」と、ローレライ。

「わたしも!!」と、クララベル。

「うん。じゃあ、一つ目の問題はクリアだな」

「一つ目？　アシュト、まだ何か問題があるのかしら？」

最大の問題。それは……ガーランド王夫妻と、アイオーンの両親がここに来るってことだ。

ガーランド王の時みたいに、また戦うはめにならないだろうか……もうあんな怖い戦いはゴメンだ。

そう思いつつ俺は、手紙の最後の部分――アイオーン以外にも、ドラゴンロードの王家一族が全員来るという情報を読み上げた。

「パパとママが来るのっ⁉」

「ああ。挨拶にな」

「やったぁ‼」

クララベルは大いに喜んでる。確かに、両親に会えるのは嬉しいよな。

でも、もう少し先の話だ。移住の準備もあるし、あちらの都合もある。

とりあえず、こちらの準備が整ってから向こうに連絡をするつもりだ。

龍人の留学生……どんな子かな。

◇◇◇◇◇◇

ここはドラゴンロード王国。ガーランド王の執務室。

ガーランド王は、アシュトからの手紙を読んでウンウンと頷いていた。

「ガーランド、どうしたのー？」

「姉ちゃん、緑龍の村でアイオーンの受け入れをしてくれるってよ」

「ふーん……」

「なんだよ、やる気ないのか？」

ここでは普段は文官が仕事をしているが、今日はガーランドとフォルテシモの二人だけ。

アルメリアとレクシオンは姉弟でお茶会を開き、そこにアイオーンも加わっている。

「ねぇ、ホントに緑龍の村ってのはいいとこなの？　あんたを負かしたアシュトだっけ？　人間にアイオーンを任せるってのはやっぱりねー……」

フォルテシモが言うと、殺気が充満する。

殺気を放ちながらフォルテシモを睨むのは、ガーランド王だ。

「姉ちゃん……いくら姉ちゃんでも、言っていいことと悪いことがあるぞ。オレが認め、オレが娘たちを託した相手だ」

喧嘩を売るような殺気に、フォルテシモも応える。

「あんたが認めたからって、アタシが認めるとでも？　トントン拍子で話が進んでたから言ってなかったけど、大事な娘を預けるのはアタシも同じ……」

「じゃあどうすんだ……オレとやるか？」

「はぁ？　アタシに泣かされてたガーランドちゃんが喧嘩売る気？」

「隠居して寝たきりババァの姉ちゃんがオレに勝てるとでも？　親父と一騎打ちして『覇王龍』となったオレの実力、思い知らせてやろうか？」

ガーランドのツノが伸び、フォルテシモのツノも伸びて牙が生える。

姉と弟ではなく、龍人としての意地のぶつかり合いだ。

「何をしているのかしら、ガーランド‼」

「フォルテシモ、やめるんだ‼」

殺気を感じたアルメリアとレクシオンが部屋に飛び込んできて、事なきを得た。

ガーランドとフォルテシモは殺気を抑え、『人間態』に戻る。

二人が互いに事情を話すと、アルメリアはため息を吐いた。

「まったく、あなたって人は……」

「し、仕方ないだろう。いくら姉ちゃんでもアシュトくんを侮辱するのは……」

「ふん、しょせん人間なのは事実でしょ」

そっけないフォルテシモを、レクシオンがたしなめる。

「フォルテシモ、いい加減にしてくれよ。そのアシュトくんとやらは、ガーランドが認めるくらいの男だ。きっと立派なんだろう」

「……いいわ、わかったわよ」

フォルテシモが立ち上がり、全員に宣言した。

「決めた。ガーランド、あんたの言うアシュトくんとやら……どれほどの男か、アタシが試してあげる」

「ほう、面白いじゃないか。言っておくが、必ず後悔することになる。彼はシエラ様に愛された男だからな」

「ふぅーん……いいじゃない」

「え⁉　し、シエラ様って……がが、ガーランド‼　どういうこと⁉」

動揺するレクシオンにアルメリアが言う。

「落ち着きなさいレクシオン。はぁ……これは避けられないわね」

自分の身に、再びドラゴンという脅威が迫っていることに……アシュトは気付くはずもなかった。

◇◇◇◇◇◇

「………………………冗談キツいぞ」

ガーランド王から追加で届いた手紙を読む俺——アシュト。

そこには、アイオーンを預けるに足る男かどうか確かめたいので、アイオーンの母である『鋼光龍』フォルテシモ様と勝負してほしい旨が書かれていた。

冗談じゃないぞ……またドラゴンと戦えって？

「ガーランド王と同じくらい強いのかな……」

誰もいない部屋で頭を抱える。

というか、俺は人間だぞ……ドラゴンに勝てるわけないじゃん。

でも、もう決定事項っぽいし拒否できないんだろうな……なんでこうなるの？

「仕方ない。対策を練るか」

俺には『緑龍の知識書（ムルシエラゴ・グリモワール）』と神話七龍の力がある。

といっても、神話七龍のみなさんからもらった力、まっったく検証もしてないしどんなものかもわからん。だって日常生活じゃ使わないし……しょうがないよね。

「まんどれーいく」

「あるらうねー」

「ん……おお、お前たちか」

悩んでいると、マンドレイクとアルラウネが部屋に入ってきた。

とりあえずソファへ移動。お茶を淹（い）れてお菓子を出してやると、二人はクッキーをモグモグ食べ始める。

マンドレイクが膝（ひざ）の上に乗ってきたので撫でてやった。

「はぁ……可愛いなぁ」

「まんどれーいく？」

「あるらうねー？」

「はは、お前たちは可愛いなーって」

「？？」

可愛らしく首を傾げる二人を撫で、とりあえず決闘のことは忘れた。

だが一瞬忘れられても、忘れっぱなしなわけにもいかず……

「アシュト。おば様から決闘を申し込まれたって……」

「ローレライ……まぁ、そうだな」

「……大丈夫？」

日向ぼっこをしに行ったマンドレイクとアルラウネの次に、俺の部屋に来たのはローレライ。

手には手紙が握られていて、内容はどうやら俺に届いた手紙と同じようだ。

ソファに座ると、心配そうに聞いてくる。

「おば様は強いわ。私程度じゃ傷一つつけることはできないでしょうね……それに、昔はお父様よりも強かったらしいわね」

「マジ……？」

「ええ。今は隠居されてるらしいけど……ドラゴンは年を重ねるほど強くなる生物だから、昔よりも強いはず。お父様にも言えることだけどね」

「わぉ……」

「殺されるようなことはないと思う。でも、気を引き締めて挑まないと」

やっぱりねー……俺が挑むことはローレライの中でも決定事項みたい。

「アシュト、対策はある？」

「いや、ないけど」

「なら考えましょう。お父様からおば様の話は聞いたことがあるわ。何か手伝えるかも」

「……や、やる気満々だな」

意外と好戦的なのかな、ローレライ。

とりあえず、対策というか手はある。

まさか俺が生身で戦うわけにもいかないし……たまには思いきり戦わせてやろう。

俺は、ローレライに言う。

「手というか……ウッドとベヨーテとフンババと一緒に戦おうと思う」

ちなみにベヨーテは木人(ぼくじん)、フンババは木の巨人だ。俺や村の護衛をしていて、どっちもウッドと同じく俺の植物魔法で誕生した。

「一応あいつら、俺の魔法で意思を持った奴らだし……手紙には『戦うのはアシュトが魔法で生み出したものでも可』って書いてあるし、数の制限もないみたいだから」

「なるほどね……けど、本当に大丈夫なの？」

「たぶん。みんな拒否しないだろうし、俺が死なない限りあいつらも不死身だからな」

「そう……でも、無茶はダメよ？」

「わかってる。フンババたちが砕ける瞬間なんて見たくないからな。それに、あいつらかなり強いぞ」

そう、フンババもベヨーテも強い。

早速、三人に話をしに行くことにした。

『オラ、タタカウ』と、フンババ。

『マカセナ。ドラゴンダロウガ、オレニカナウヤツハイネェ……』と、ベヨーテ。

『ガンバル、ガンバル!!』と、ウッド。

村の入口で日向ぼっこをしていたフンババたちに事情を話すと、二つ返事でオーケーだった。

まぁ、こいつらが拒否するとは思えない。

「ありがとな。終わったらとびっきり美味しい栄養剤をあげるから」

『オオー!!』

『フッ……キマエノイイコッタ』

『ヤッター!!』

というわけで、戦いの準備はバッチリだ。

第三章　ドラゴンとの戦い、再び

ここはドラゴンロード王国。

王城前の広場に、龍騎士とドラゴンが集まっていた。

ドラゴンの一体に大きな籠が取りつけられている。ガーランドはいつもこれに乗ってオーベルシュタイン領土まで向かうのだ。

もちろん、レクシオンとフォルテシモ、アイオーンの席もある。

「さぁて、準備はできたな」と、ガーランド。

「アタシは飛んでいくからいいわ」と、フォルテシモ。

「おい、姉ちゃん」

「いいから、行くわよ」

フォルテシモは『翼龍態』へ変身。翼を広げ飛び立つ。

「フォルテシモ……だいぶ待ちきれないみたいだ」と、レクシオン。

「ったく、ガキじゃあるまいし」と、ガーランド。

「あの、おじ様。私も母上と一緒に飛んでいきます」

アイオーンは、子供っぽい一面を見せる母フォルテシモが好きだった。

自らもドラゴンの姿になり、母を追うように飛び立つ。

レクシオンは苦笑し、アルメリアに言った。

「やれやれ。早く行かないと追いつけそうにないね……どうする？」

「はぁ……まぁ、最近運動不足だったしね」

「まぁいいだろう。そうだ、アシュトくんたちを驚かせようじゃないか‼」

ガーランド、アルメリア、レクシオンもドラゴンに変身。

『お前たち、後からついてこい‼』

そうガーランドが言うと、三匹の巨大ドラゴンは飛び立つ。

慌てて後を追うように、護衛の龍騎士団もドラゴンに跨り空を飛ぶ。護衛とは言いがたい出発となった。


ガーランドたちは、すぐにフォルテシモとアイオーンに追いついた。

『何よ、ガーランド。あんたたちも来てるじゃない』

『たまにはいいかもな。姉ちゃん』

『ふふ、レクシオン。一緒に飛ぶのは何年……ううん、何十、何百年ぶりかしら？』

『姉上、百年ぶりくらいじゃないか？』

『そう？　あ、アイオーンは初めてよね？』

『は、はい。その……みなさん、すっごく立派で。私なんかまだまだで』

『大丈夫大丈夫。あんたもすぐに大きくなるわよ』

五匹のドラゴンがそんなことを話しながら空を飛ぶ姿は、ドラゴンロード王国の城下町からよく見えた。

住人たちは、その姿に敬意を払い、圧倒される。

オーベルシュタイン領土までの道のりは遠いようで近い。

空の旅は、アイオーンにとってとても楽しい時間となった。

俺――アシュトが空を見上げていると、村にやってきたのは、巨大な五匹のドラゴンだった。

漆黒、白銀、濁った白、水色、群青色……いやはや、綺麗で壮観。

出迎えの龍騎士たちは最敬礼。龍騎士たちと一緒に修業中のシェリーも交ざって敬礼していた。

ローレライとクララベルは、五匹がドラゴンの姿だったのでドラゴンに変身。

ローレライはクリーム色、クララベルは純白のドラゴンになり、父と母を出迎えた。

『パパ、ママ!!』

『おおクララベル、それにローレライ!!　うんうん、お前たちはいつ見ても美しぶがっふぁぁぁっ!?』

ローレライとクララベルに近付いたガーランド王が、濁った白いドラゴンに吹っ飛ばされた。

『ローレライ、クララベル……大きくなったねぇ～!!』

『お、おば様？　お久しぶりです!!』

『おば様!!』

『うんうん。アタシが見た頃はちっちゃい赤ちゃんドラゴンだったのに、こんなに立派になって……』

おお、おば様ってことは濁った白いドラゴンがフォルテシモ様なのか。

フォルテシモ様はクララベルに顔を擦りつける。

その後はローレライにも同じように擦りつけた……なるほど、これがドラゴン同士の挨拶か。

『ね、姉ちゃん……何すんだ』

『あーらごめんなさいガーランド。黒くて大きな岩かと思ったわ』

『んだと!?』

『ほらほら、子供たちの前で喧嘩しないの。フォルテシモ、キミも煽らないで』

水色のドラゴンが二人の間に割って入り宥(なだ)める。

『はいはーい』

『ぐぬぬ……』

その間、ローレライとクララベルはアルメリア様に目一杯甘えていた。

『ママ。今日は一緒に寝ようね』

『クララベル、あなたは相変わらず甘えん坊ね。ローレライ、あなたは素敵なレディになったわ……ふふ、手紙だけじゃ伝わらないことも、顔を見るとよくわかるわね』

『はい。私たちはアシュトと元気にやっています。ところで……』

そう、ローレライが気にしたのは……俺だ。

「あ、あの……？」

『………』

現在、俺は群青色のドラゴンに睨まれていた。

ふしゅーふしゅーと鼻息が荒い。長い首、枝分かれしたツノ、群青色に輝く鱗がとても美しい。

ビビッていると、ドラゴンは言った。

『初めまして。私はアイオーン。よろしくお願いします』

「え、あ……はい」

『おっと失礼』

群青のドラゴンは、目の前でしゅるしゅると形が変えた。そして、知的そうな眼鏡をかけた長い群青色の髪をした少女が俺の目の前に。これがこの子の『人間態』か。

少女ことアイオーンは俺に手を差し出す。

「人間は手と手を繋ぐ挨拶をするのでしたね」

「あ、うん。よろしくお願いします」

手を差し出されたので繋ぐ……うん、やわっこい。女の子の手だ。

アイオーンが人間になったのを皮きりに、全員が『人間態』へ。

わかっていたけど……全員が美男美女だ。スタイルも抜群にいい。

すると、フォルテシモ様が俺の元へ。前屈みになり、顔をじーっと見る。

や、やばい。前屈みになると胸の谷間がめっちゃ見えるんですけど!!

「ふーん……確かにいい魔力を持ってるわね。でも、そんなに大した量じゃないし……ガーランド、あんたホントにこの子に負けたの？」

フォルテシモ様は俺自身の魔力量を感知したらしい。シエラ様の加護で魔力供給を受けてない時の俺自身の魔力量は、そんなに多くないからな。

「おい姉ちゃん、山暮らしで頭おかしくなったのか？　挨拶くらいしろよ」と、ガーランド王。

「あ？　あんた、誰に殺気飛ばしてんの？　ぶっ飛ばすぞ？」

「やれんのか？　オレの息子同然の子に失礼な態度取りやがって……前の続きやるか？」

やばい、ガーランド王とフォルテシモ様が睨み合ってる!!

アルメリア様に助けを求めると、水色のドラゴンだったイケメンと一緒に仲裁してくれた。

「ほら、やめなさいガーランド」

「アルメリア……お前は怒らないのか？　娘たちの夫が侮辱されているのだぞ？」

「もちろん怒っているわ。フォルテシモお義姉様、私にも限界がありますのでご注意を」

「あーら、言うわね……」

「姉上の言う通り、フォルテシモ……キミの態度はさすがに無礼だ」

「レクシオン、あんたもガーランドの味方？」

「そういうわけじゃない。キミの態度の話をしてるんだ」

いや待て待て、なんで仲裁役が自ら険悪にしてんの!?

ローレライとクララベルは青くなってるし、アイオーンもガタガタ震えてるし……

やばい、喧嘩なんて始まったらこの辺り一帯が消滅するんじゃないか!?

どうしようか悩んでいると……

「はいは～い、そこまで♪　ここで喧嘩するなら私も怒っちゃうぞ～？」

と、圧倒的な存在感を持つ誰かが割って入る。

……し、シエラ様だ!!

ガーランド王たちはシエラ様の登場にビクッとなる。すっげぇ、殺気が霧散した。

「し、シエラ様……お久しぶりです」

「フォルテシモちゃん。昔から短気は直らないわねぇ……レクシオンくんも止めないとダメじゃない？」

「もも、申し訳ありません!!」

「ガーくん、アルメリアちゃんもダメダメだよ？　ちゃんと周りを見ないと。子供たちだって見ているんだから」

「……申し訳ありません」

「ごご、ごめんなさいシエラ様ぁぁっ!!」

おお、さっきまで怒り狂ってたドラゴンたちがシエラ様に頭を下げている!!

待てよ、もしかしたらこのまま俺との決闘もなかったことになるんじゃ……

「フォルテシモちゃん。アシュトくんの力を知りたいならちゃんと場所を用意してあげる。あなたの力でも壊れない特設会場を、私が準備しちゃいま～す♪」

「え」

硬直する俺を見たシエラ様は、イタズラっぽくウィンクした。

いやいや、そんなの望んでいないんですけど。

「おお、それはありがたいです!!」

ガーランド王はノリノリだ。

「準備に時間が掛かるから、今日はみんなでゆっくり過ごしてね♪　じゃ、またね～♪」

そう言って、シエラ様は森に消えた……

立ち直ったガーランド王が俺に言う。

「よし。気を取り直して……アシュトくん久しぶりだな!!　今日はいろいろ聞かせてもらおうか!!　姉ちゃん、レクシオン、さっきのことは忘れて酒飲もう!!」

「お、いいわね。セントウ酒って極上の果実酒があるんでしょ？　さぁさぁ宴よ宴!!」

さっきまで喧嘩してたのに、似たもの同士すぎるぞこの姉弟。


えー、そんなこんなで大宴会となりました。

宴会場にはドラゴン一家、そして、自由参加にしたので村の住人たちが出たり入ったりしている。

俺はガーランド王に酌をし、ローレライたちとの生活について話していた。

「で、孫はまだぶがっふぁ!?」

孫の話になった途端、ガーランド王はローレライにブッ叩かれた。

ガーランド王は頭を押さえながらゲラゲラ笑う。

「まぁ結婚してまだ短いし、新婚気分も大事だな!!」

「そうね。お父様、気長にお待ちくださいな」

「お、おう……アシュトくん、ローレライの奴、アルメリアに似てきたぞ」

「あ、あはは」

「聞こえてますよ、お父様？」

「ひっ」

ローレライはにっこり笑い、ガーランド王に酌をした。

一方、クララベルはアルメリア様に甘えていた。

「ママ、ゆっくりできるの？」

「ええ。国のことは心配ないわ。久しぶりにあなたたちに会えたからね、ゆっくりしていこうと思うわ」

「やった‼ あのね、わたしお菓子作りを習ってるの。ママ、わたしの作ったお菓子食べてくれる？」

「あら嬉しい。ふふ、楽しみにしてるわね」

クララベル、これでもかと甘えてるな。

アルメリア様に抱きつくと頭を撫でられ、気持ちよさそうに目を細めている。

まぁ久しぶりに会えたんだし、思いっきり甘えるといい。

俺は、少し怖かったがフォルテシモ様とレクシオン様に酌をする。

酒はセントウ酒……村の特産品で、自慢の一品だ。

「ほお、んまいわねぇ～♪」

「確かに。これほど上品な味わいの果実酒、初めてだ」

フォルテシモ様とレクシオン様はセントウ酒に夢中だ。

だが急に、フォルテシモ様はにんまり笑う。

「お酒は美味しいけど、あんたのこと認めたわけじゃないからね。うちの可愛い娘を預けるに足る男かどうか、アタシが見極めてやるから」

「は、ははは……」

「フォルテシモ。今はその話はいいだろう。すまんね、少し酔っているようだ」

レクシオン様は優男(やさおとこ)って感じだ。線が細いイケメンだが、立派なドラゴンなんだよな。

それよりも気になったのが、隅っこでチビチビ飲んでいるアイオーンだ。

俺はセントウ酒の瓶を持って彼女の元へ。

「どうも、飲んでる？」

「お構いなく」

なんというか、クールな感じだよな。

群青色のロングヘアに知的な眼鏡。なんとなくディアーナに似ている。

アイオーンは、俺をジッと見た。

「結婚されてるんですよね」

「え、まぁ」

「しかも何人ものお嫁さんが」

「う、うん」

「なるほど……山育ちの私にはわかりませんが、結婚とはどういうものです？」

「え……えーっと、それは俺よりもローレライとかクララベルに……」

「いいえ、あなたから聞きたいのです。ドラゴンと人間の交配……どんな感じですか？」

「ちょ!?　な、何言ってんだよ!!」

こ、交配とか……声がデカいっての。

「う、うふふ……うふふふふ」

酔ったせいか？　アイオーンの様子がおかしくなってきた。

「あ、あの」

「異種族の交配めっちゃ興味あるわぁ……あんちゃん、この酒もんめぇし、ここはいいとこだなし」

「え？　あの……」

「来てよかっただぁ。っと……失礼。どうやらこの村で学べることが多そうですね」

なんとなく、ヤバそうな奴だとわかった。

訛りもすごいし、見た目は学者風なのに底が知れないな。

「アシュトさん。母上との戦い、死なないようにお気を付けくださいね」

「ど、どうも……」

なんか怖い……それがアイオーンに対する俺の印象だった。

翌日。シエラ様の準備がまだ整わないようなので、ドラゴン一家に村を案内することにした。

アイオーンの生活環境を知るのは大事だし、前回ガーランド王たちが来てからだいぶ変わったこともあるからね。

浴場、図書館、美容店と案内する。

「図書館……素晴らしいですね」

「ああ。これほどの図書館、ドラゴンロード王国にもない」

アイオーンとレクシオン様が図書館に感動していた。

図書館内で出したカーフィーも気に入ったようだ。

フォルテシモ様だけが「何これ苦っ!!」って言って、残りのカーフィーをレクシオン様に飲ませてたけど。

「ここなら勉強ができそうです。いろんなお勉強がね……ふっふふ」

眼鏡をクイッと上げて笑うアイオーン……なんだこの悪寒は。

それから農園でブドウを食べたり、クララベルがお菓子を振る舞ったり、ドワーフたちが仕込んだ酒を試飲したり、モグラのブラックモール一族たちが発掘した鉱石を加工してお土産にしたり……ドラゴン一家は村を満喫した。

「ああ楽しい。娘たちとのんびり過ごせるなんて久しぶりだわ」

「ええ。私もクララベルも楽しいです」

「うん!!　ママ、パパ、いっぱい遊んでね!!」

「はっはっは!!　もちろんだ愛しの娘よ!!」

そんな風に話すガーランド王一家。

その時、ローレライがアイオーンの元へ。

「そういえば、きちんと挨拶していなかったわね。私はローレライ、よろしくね」

「よろしくお願いします。どうぞアイオーンとお呼びください」

「そんなに堅くならなくてもいいわ。同じ村に住む友人として接してちょうだい。年も同じだし、いろんなお話ができたら嬉しいわ」

「いろんなお話……ふふふ。私も興味あります」

「あ、姉さまばかりずるいー!!　ねぇねぇお姉ちゃんって呼んでいい？」

「もちろん。ふふ、可愛い妹ができて嬉しいわ」

うーん、微笑ましい。ローレライ、アイオーン、クララベルの、ドラゴン少女たちの会話。

「ちょっとちょっと、あんた、あんた」

「はい？　っと!?」

急にフォルテシモ様に肩を組まれた。

「あんた、うちの娘まで狙ってんの？　……うちのアイオーンが欲しけりゃアタシを倒すことね」

「いやいや、いらないです。はい」

「はぁぁ⁉　あんた、うちの子が不満だっての⁉」

「ちち、違います、違いますって‼」

め、めんどくさいなこの人……

この人と戦うんだよなぁ……なんか殺されないか不安になるわー。

戦いとかしたくないけど、どうも逃げられそうにないなぁ。


ローレライとクララベルの伯母フォルテシモ様との戦いを明日に控え、妻たちが俺の部屋に集まって激励してくれている。

ついでに黒猫族のルミナも、ソファに座る俺の太ももを枕にして甘えている最中だ。

「アシュト、明日だけど……大丈夫なの？」

「ごろごろ……」

「まぁ大丈夫……だと思う」

「お兄ちゃん、もっとやる気出しなよ」

「だ、出してるって」

「みゃう……」

「お兄ちゃんなら大丈夫‼　おば様に負けないでね‼」

「あ、ああ」

「アシュト、怪我だけはしないでね」

「わかってる。ありがとなミュディ」

エルミナに心配され、シェリーに呆れられ、クララベルに応援され、ミュディに気遣われた。

その後、エルミナがごろごろしてるルミナを抱き寄せようとしたら引っかかれた。

ルミナは、名前が一字違いだからって妹扱いするエルミナを苦手に思っているようだ。

俺がルミナのネコミミを揉み、優しく撫でると尻尾が揺れる。

「みゃぁん……」

「おば様に力を認められれば今後は安泰ね。今は隠居しているけど、ドラゴンロード王国での発言力はお父様に匹敵するわ。何かあった時に助けになるはずよ」と、ローレライ。

「そ、そうか……今がまさに『何かあった時』だと思うんだが」

「ふふ、そうね」

蕩けるルミナを撫でていると、ミュアちゃんとシルメリアさんがお茶を運んできた。

「む……ルミナが甘えてるー」

ミュアちゃんは、俺に甘えるルミナを見てムッとするが、お茶を淹れる仕事を優先したようだ。

シルメリアさん、ミュアちゃんの成長を喜んでいるみたいだ。無表情だけどなんとなくわかる。

よし、ミュアちゃんもいっぱい撫でてやるか。

「にゃう。ご主人さま、お茶です」

「ありがとう。よしよし」

「にゃう……」

お茶を受け取り、ミュアちゃんの頭を撫でる。

ルミナは丸くなったまま気持ちよさそうにしている。一応ルミナのお茶も出されたが、手をつける気はなさそうだ。

明日、久しぶりに大きな戦いがある。

最近、気が緩んでたからな……戦いが好きなわけじゃないけど、少しは気を引き締めないと。

「……よし!!」

俺はお茶を一気に飲み干し、明日に備えて早く寝ることにした。

ちなみに、この後ルミナとミュアちゃんが俺のベッドに潜（もぐ）り込んでにゃーにゃー騒ぐことになるとは思わなかった……

まぁ可愛いからいいや。

こうして決闘の日。突如として現れたシエラ様に案内された場所は、ドでかい大樹だった。

でかい、マジででかい……何これ？

「ここが試合会場よ♪　ほらほらこっちこっち」

ここに来たのは、俺とその妻たち、ウッドとフンババとベヨーテ、ドラゴン一家、デーモンオーガ一家、村の種族代表数名だ。

催しものではないので、他の住人たちは普通に村で仕事をしている。

大樹の根元に行くと、蔦を絡み合わせて作ったような大きな乗りものがあった。

全員が乗り込む。

「では、皆様を上にごあんな～い♪」

楽しそうなシエラ様が指をパチッと鳴らすと、乗りものがゆっくりと上昇……

何これ、どういう仕組みになってるんだ……？

全員が驚く中、試合会場に到着した。

「す、すっげぇ……」

大樹の上は、恐ろしく広かった。

大きく開かれた円形の空間になっている。日の光がとても明るい。

周囲の壁は蔦が絡み合ってできた天然の壁だ。これなら下に落ちることもない。

そして床はとても硬く、太い枝がいくつも合わさってできていた。

シエラ様はにっこり笑う。

「私が作った特別製の樹木よ。硬いし燃えないし絶対安全♪　そこのデーモンオーガくん、思いっきり床を殴ってくれるかな？」

ガチムチなデーモンオーガのバルギルドさんにお願いしたシエラ様。

「……手加減できんぞ」

「もちろん♪」

バルギルドさんは拳を握る。そして、全身全霊の一撃が床を破壊……

あれ、破壊？

「むっ……」

「と、こんな感じ。もちろん、フォルテシモちゃんがドラゴンに変身しても大丈夫♪」

「むぅ……硬いな」

バルギルドさんの拳の皮がめくれ、血が出ていた。

シエラ様がバルギルドさんの手に軽く触れると、傷は消えた……すっげぇ、薬師いらずだ。

ともあれ、準備は整った……はは、整っちゃった。

「じゃ……やろっか」と、フォルテシモ様。

やばい。急に怖くなってきた。

いざとなったらシエラ様やガーランド王が止めるだろうけど……

ていうか、止めてほしいと祈ってるが、俺って戦いとは無縁の世界で生きてきたからわからん。

それに最初は少しやる気だったけど、いざとなるとやっぱ怖い!!

『アシュト、オラ、ガンバル!!』

『マカセナ、オレガツイテル』

『ガンバル、ガンバル!!』

「み、みんな……」

フンババががおーっと唸り、ベヨーテがフッと笑って帽子を持ち上げ、ウッドは楽しげにぴょんぴょん跳ねる。

やる気だねみんな……し、仕方ない。覚悟を決めるか。

ちなみに、観客はシエラ様が作った攻撃が届かない特別な席に座った。

フォルテシモ様は着ていたローブを脱ぎ捨てる……

その下に着ていたのは、ドラゴンの鱗みたいな胸当てと籠手、両足にも似たようなものがくっついている。

「フォルテシモ……『ダイヤモンド・ウェポン』を」

「母上、本気みたいですね」

そう呟くレクシオン様とアイオーン。

いやいや、『ダイヤモンド・ウェポン』って何？　もっとわかりやすく教えてくれよ。

「安心なさい。あなたは魔法師でしょ？　戦うのはそっちの愉快な子たちね」

ウッドたちを見てそう言うフォルテシモ様。

フンババが両拳を打ちつけ、ベヨーテが全身から針を出し、ウッドは相変わらずぴょんぴょん跳ねる。

俺も本と緑龍の杖を握り、手の震えをなんとか抑えた。

「さ、魅(み)せなさい。ガーランドを倒したあなたの力を確かめてあげるわ!!」

こうして、俺とフォルテシモ様の戦いが始まった。

フォルテシモ様は格闘家みたいな構えをしている。

俺の陣営はフンババが前、ベヨーテがその後ろ、俺を守るようにウッドが立つ。

作戦は単純。フンババが攻めてベヨーテが援護、ウッドは俺を防御するという戦法だ。

フォルテシモ様は、以前ガーランド王が俺との対戦で放ったのと同じ闘気を俺に向ける。

「殺す気で来なさい。そうじゃなきゃ意味がないわ」

「え、ええ……はい」

おいおい、ガーランド王とそっくりすぎだろ。殺す気で来いとか俺には無理!!

『オラ、タタカイ、ヒサシブリ……ガンバル!!』

『エンゴハマカセナ……ネライウツゼ!!』

『ボク、アシュトヲマモル!!』

みんなやる気満々だよ……もしかして俺だけ場違い？

とりあえず、杖と本は持ってるけど。

「先手は譲ってあげる。ふふ……来なさい、ボウヤ」

『ウォォォォォォォーーーッ!!』

「ちょ、フンババ!?」

フンババが唸りを上げ、フォルテシモ様へ突っ込む。

同時にベヨーテの全身から鋭い針がジャキッと飛び出し、それを放とうと両腕をフォルテシモ様へ向ける。

『アシュト、カクゴキメナ……アノオジョウサン、ヤルキダゼ!!』

「え……」

『ボク、マモル!!』

ウッドは両手から根を出し、絡ませ合って壁を作る。

フンババが拳を握り、フォルテシモ様めがけて振り下ろす。

フンババの拳が床を直撃。地面が大きく揺れて思わず叫ぶ。

「うおわぁぁっ!?」

フォルテシモ様は振り下ろされる拳を難なく躱していた。

「あっはは!! いいパンチじゃない!!」

あの、なんか戦い方がガチすぎじゃない!?

さらに……

「おっと!!」

『ッチ』

躱すフォルテシモ様めがけてベヨーテの針が飛ぶ。

だがフォルテシモ様は、両手に装備した籠手で針を弾く。

ベヨーテはフォルテシモ様が躱したタイミング、そしてフンババに意識を向けた瞬間を狙って撃っているのに、それすら躱され弾かれた。

『バケモンメ……アノタイミングデカワスノカヨ!!』

「ふふ、小さいのにすごいじゃない。ていうかアタシ、お嬢さんって年じゃないのよねぇ!!」

そんな応酬をベヨーテとフォルテシモ様が交わす中……

『ムゥウッ!?』

フンババが振り下ろした拳を片手で受け止めたフォルテシモ様。

そして、拳を思いきりカチ上げ、フンババのがら空きのボディを迷いなくぶん殴る!!

『グゥウウウッ!!』

「フンババ!!」

フンババの樹木製の身体が削れた。

パラパラと木屑が落ちる。だが、俺の魔力ですぐに回復する。

『ツチ……アノジョウチャン、ナンツーパンチシテヤガル……オレモマエニデルゼ!!』

「あ、ベヨーテ!!」

『ウッド、アシュトヲマモンナ!!』

『ワカッタ!!』

ベヨーテが前に出て針を飛ばしまくる。

だが、フォルテシモ様は片手を機敏に動かし、針を全て防御した。

とんでもないバケモノレベルの強さだ。龍人、とんでもない。

フンババは立ち上がり、再び攻撃開始。

ベヨーテが前に出たことで、フォルテシモ様との形勢は一対二となった。

ベヨーテは機敏に動き針を飛ばし、フンババは大振りだが当たれば終わりの拳を振り下ろしまくる。

「いい、いいわね!! 楽しいわぁぁっ!!」

フォルテシモ様は、笑っていた。

拳を躱し、針を弾く。全て紙一重、当たれば終わり。

だが、その状況を楽しんでいた。なんて人だ……

そして、ついに。

『オオオオオオーーーーッ!!』

「む……がっふぁぁっ!?」

フンババの拳がフォルテシモ様に直撃。

フォルテシモ様は吹っ飛んで壁に叩きつけられた。

だが、壁に叩きつけられた瞬間体勢を変え、壁を足場にしてフンババへ急接近。

「痛いなぁぁっ!!」

『グォオオオッ!?』

思いきり体当たりし、フンババの身体が砕け、右腕が吹っ飛んだ!!

『コノッ』と、悪態をつくベヨーテ。

「オチビちゃんも、チクチクチクチク痛いってのよ!!」

『ッ!?』

フォルテシモ様はフンババの砕けた右腕を掴み、ベヨーテに向けてぶん投げる。

ベヨーテは右腕を横っ飛びで躱すが、躱した先にフォルテシモ様がいた。

巨大なフンババの右腕に隠れて急接近……真の狙いはベヨーテへの直接攻撃。

『ガッハアアッ!?』

「ベヨーテ!!」

ベヨーテが蹴り飛ばされ、右腕と足が吹っ飛んだ。

だがフンババとベヨーテは立ち上がる。俺の魔力で肉体の損傷が修復される。

「……なら、動けなくなるまでぶっ叩く‼」

修復される光景を見たフォルテシモ様の攻撃が、激しさを増す。

フンババとベヨーテは、いつの間にか防戦一方となっていた。

攻撃を躱され、攻撃の隙を見抜かれダメージを負う。

フォルテシモ様の動きがいつの間にかどんどんよくなっている。間違いない、動きが読まれている。

「つ、強い……‼」

俺は杖を握り、汗を流していた。

◇◇◇◇◇◇

一方、観客席では。

「……強いな」

バルギルドは笑う。

その隣に座るガーランドは言った。

「姉ちゃん、以前より強くなってやがる……‼」

「うん。フォルテシモ、退屈だからと毎日訓練してたからね。キミが戦った頃とは別人さ」

ガーランドは汗を流し、レクシオンは余裕のある笑みを浮かべる。

レクシオンは初めからフォルテシモが勝つと信じて疑っていないのだ。

それに、フォルテシモはまだ本気ではない。

「『人間態』のまま、自らの鱗を加工して作った『ダイヤモンド・ウェポン』を装備して戦っている。『翼龍態』も『龍人態』も使っていない」

「…………」

「どうだいガーランド、今の彼女とキミ、どっちが強い？」

「……わからん。だが、戦うとなればオレも姉ちゃんも無事じゃ済まんだろうな」

「へぇ……やっぱり、あの時止めて正解だった」

レクシオンは、軽く言う。だがガーランドは……

「レクシオン。お前……アシュトくんが負けるとでも？」

「ん、そうだね。見ればわかるじゃないか」

「……そう簡単にいくとは思わんぞ。まだアシュトくんは本気じゃない」

「へぇ……あ、見てごらん。フォルテシモは終わらせるようだよ」

フォルテシモの身体が変化している。

人間の姿ではない。ツノが伸び、身体が膨張し、皮膚が濁った白の外殻に変化していく。

龍人の中で最も外殻が硬いと言われている、『鋼光龍』フォルテシモの『翼龍態』だった。

『ア、アシュト……』

ウッドが不安そうにアシュトを見る。

フンババとベヨーテは諦(あきら)めず、『翼龍態』となったフォルテシモに向かっていく。

『ふふ、久しぶりに楽しかったわ。お礼に、アタシも少し本気で相手してあげる』

そして、『翼龍態』となったフォルテシモが巨大化した尻尾で薙(な)ぎ払う。すると、フンババとベヨーテの身体が砕け、見るも無惨な姿となってアシュトの前に転がった。

『オ、オラ……コノママジャ、カテナイ』

『ッグ……』

「フンババ、ベヨーテ‼　……っく、もういい、もう……」

アシュトは、勝てないと悟った。

いや、勝つ方法はある。フォルテシモを倒したいと願い『緑龍の知識書(ムルシエラゴ・グリモワール)』を開けばいい。アシュトが念じれば、状況を打開する魔法がページの上に現れる。

でも、それは……フンババとベヨーテでは勝てないと認めるようなものだ。一緒に戦うと決めたのに、それではあんまりだ。

『アシュト、オネガイ……オラ、ホンキダシタイ』

『アシュト、ヘヘ……マジデヤラセテクレ』

半身が砕けたフンババとベヨーテが言う。

「……え？」

『ホンキ、オラ、ホンキダス。キョカクレ』

『オレモダ。クク、ミセテヤル……オレノホンキ』

フンババの本気……それはきっと、かつて見せたことのある『真の姿』だ。クールなベヨーテもやる気を見せている。

「……よし、わかった。許可するぞ、フンババ!! ベヨーテ!!」

アシュトも、負けたくなかった。

ビビッてばかりだったが、眷属（けんぞく）ともいえるフンババとベヨーテが勝ちたいと、戦いたいと言っている。なら……情けなくても、アシュトだってやる。

すると、フンババとベヨーテの身体が修復される。

『あら？　まだやる気？』と、フォルテシモ。

「はい。こいつらまだ本気じゃなかったようで」

『へぇ？』

そして、フンババとベヨーテが変化する。

フンババの身体に亀裂が入り、木屑がバラバラと落ちていく。

ベヨーテの身体がアシュトより大きくなり、同じように亀裂が入った。

「オラ、本気……アシュト、見てて」

「へへ。この姿、久しぶりだぜ」

そこには人間の姿になった、フンババとベヨーテがいた。

フンババは蔦を身体に巻きつけた服、緑色の長髪。十人中十人が振り返るであろう美少女へ。

ベヨーテは、三十代後半くらいの男性の姿に変化。テンガロンハットに民族衣装のような、見たことのない衣装を身につけている。そして両手には黒い樹木の拳銃、『木銃』が握られていた。

「オラ、本気出す‼」

「さぁ、パーティーの時間だぜ？」

『……面白いじゃない』

フンババとベヨーテを、フォルテシモは大きな翼を広げて威嚇。

だが、二人は怯まない。フンババは構え、ベヨーテも『木銃』を向ける。

「…………」

『アシュト、フタリトモスゴイ‼』と、絶句するアシュトに言うウッド。

「え、あ、うん」

アシュトだけが置いてきぼりだった。

俺──アシュトの目の前で、フンババとベヨーテが人間形態へ。

フンババの人間形態は知っていたが、ベヨーテ……すげえイケメンだ。

「オラ、負けない!!」

「サポートしてやる。行け」

フンババが走りだし、ベヨーテが両手に持った『木銃』をフォルテシモ様へ向ける。

『面白いじゃない!!』

『翼龍態』となったフォルテシモ様の巨大な尾が薙ぎ、フンババとベヨーテが吹き飛ばされる……ことはなかった。

「へ、さっきみたいにいかねぇぜ!!」

『な……ッ!?』

ベヨーテの『木銃』から何発もの針が発射され、尾の外殻に命中……尾の速度が落ちたかと思ったら、フンババが腕を広げて尾をガッチリと掴んだ。

「うぉぉぉぉーっ!!」

『……つなぁ!?』

なんと、フォルテシモ様の巨体が浮いた。

フンババはフォルテシモ様の尾を掴み振りまわす。そして壁に向かってぶん投げた‼

『きゃぁあぁっ⁉　あいたっ⁉』

フォルテシモ様は吹っ飛ばされ、壁に激突。強固な壁に亀裂が入る。

『く、くくく……あーっははは‼　面白い、面白いわぁっ‼　いいわ、見せてあげる……アタシの全力をねぇっ‼』

「や、やばい‼　フンババ、ベヨーテ、気を付けろ‼」

「勝つ。オラ、負けない」

「ま、見てな……」

べきべき、ごきごきと、フォルテシモ様の姿が変わる。

身体のサイズが少し小さくなり、二足歩行となる……龍人の最強形態、『龍人態』だ。

フォルテシモ様は本気だ。というか……ガチすぎだろ⁉

『ガァアアアアーーーッ‼』

「オラ、本気出すぅーっ‼」

フォルテシモ様の拳とフンババの拳が激突。爆発音が響き空気が震えた。

俺は耳を塞(ふさ)ぎ、ウッドの作った壁の前でへたり込んでしまう。

『ぎ、っづう……あんた、なんてパワー……いいわねぇ‼』と、フォルテシモ様。

「オラ、負けない。アシュトのために、勝つ‼」と、フンババ。

「へ、オレを忘れるなよ。レディ？」と、ベヨーテ。

『いい、いいわぁ……かかってらっしゃい‼』

へたり込んでしまったため壁に遮られて見えなかったが、どうやら激しい殴り合いが始まったようだ。

フンババが殴り、殴られ、ベヨーテが撃ち、躱し……そんなことが伝わる破裂音や爆発音が響く。

俺は杖を持ち、本はいつの間にか落としていた。

『アシュト、ヘイキ？』

「あ、ああ……」

ウッドの心配をありがたく受け取っていたら……音がやむ。

「……お、終わったのか？」

俺は中腰で立ち上がり、そーっと様子を窺う。

するとそこには……

『ハァ、ハァ、ハァ……っぐ、あんた、なんて奴』

「オラ、アシュトがついてる。アシュトがいる限り無敵」

「魔力の問題さ。オレらはアシュトがいる限り不死身だ。この姿は強いが燃費が悪い……でもシエラ様の加護によって、無限に近い魔力を得ているアシュトなら、問題ねぇってことだ」

ボロボロのフォルテシモ様が膝をつき、無傷のフンババとベヨーテが見下ろしていた。

そして、フォルテシモ様の変身が解け、人間の姿へ。

「はぁ……どうやら、アタシの負けね」

フォルテシモ様が両手を上げて微笑んだ。

こうして、戦いは終わった。

フンババとベヨーテの元へ行く俺とウッド。

「アシュト、オラ、勝った!!」

「うおお!? ま、待ったフンババ。その姿で抱きつくのはちょっと……」

すげえ美少女だし、いろいろ柔らかいし、抱きしめられると変な気になる!!

「ふ、力になれたようでよかったぜ」と、ベヨーテ。

「う、うん。その……その姿、元に戻るのか?」

「ああ。この姿は本気の時だけだからな……フンババ、戻ろうぜ」

「うん。わかった」

俺の目の前で二人は姿を変える。

ベヨーテの身体に緑の蔦が巻きつき、同じようにフンババにも蔦が巻きついてサイズが変わる。

フンババはさらに大きく、ベヨーテは半分ほどの大きさに。

そして、いつもの二人……樹木の巨人とトゲトゲの木人に戻った。

『アシュト、オラ、カッタ!!』と、フンババ。

『サッキモイッタダロ……ッタク』と、ベヨーテ。

「はは、そっちの姿の方が安心するよ……」

『オツカレ、オツカレ……ボク、ナニモシテナイ』と、しょんぼりするウッド。

『アシュトヲマモッタジャネェカ……アリガトヨ、ウッド』

『ウッド、アリガト』

『……ウン!!』

仲がいいようで何より……っと、そうだフォルテシモ様。

俺は黙って俺たちを見ていたフォルテシモ様に向き直る。

「勝負は、その」

「あなたの勝ち。まったく……このアタシが負けるなんてね。ガーランドを倒した強さ、よくわかったわ」

「きょ、恐縮です」

「あなたにならアイオーンを任せられる。よろしくね」

「はい、アイオーンのことは責任を持って村に……」

「はぁ……アタシもおばあちゃんになるのかぁ。ねぇアシュト、孫ができたら連絡しなさいよ?」

「……はい?」

「結婚式は必要ないわ。ちゃんと大事にしてね」

「え、あの……なんのことで？」

「なんのことって、アイオーンを奥さんにしてくれるんでしょ？」

「は？」

「ふふ、認めてあげる。あなたはこのアタシを倒した。龍人の伴侶に相応しいわ……」

「え、ちょ……アイオーンは留学ですよね!?　伴侶って!?」

「あれ？　……ああ、そっか。そういえばそうだったわね。昨日は酔って、レクシオンと『アタシに勝ったらアイオーンの旦那にしてもいい』って話になったんだけど言ってないっけ？　……ま、別にいいわ。あの子もあなたの奥さんになりたいって言ってるしね」

え、嘘。

「さーて、アシュト、今日も宴会よ!!　おめでたい日だからお酒をいっぱい出してね!!」

「………………」

どうやら、拒否は不可能みたいだ。

こうして、アイオーンが『勉強のために留学』することは許可された!!

俺の奥さんとか、そういう話はとりあえず却下。

戦いの後の宴会にて……俺はフォルテシモ様に大いに気に入られ、無理矢理酒を飲まされた。

この人マジで遠慮ない……ガーランド王よりもひどいぞ。

フンババとベヨーテとウッドも宴会場に呼ばれ、フォルテシモ様に構われていた。

フォルテシモ様は二人が人間の姿になったことに驚いたみたいで、もう一度変身してほしそうだったが、どうやら二人は戦いの時以外は変身したくないらしい。


宴会は深夜まで続き、ようやく解放された俺は自室へ。

「にゃう……」

「はむはむ……みゃあ」

俺のベッドで、ルミナがミュアちゃんのネコミミをはむはむしながら寝ていた。

なんとも可愛らしい光景だ。さっきまでの戦いが嘘みたいな光景……

とりあえずベッドに座り、俺はネコミミ少女たちの頭を撫でた。

第四章　アイオーンの秘密

戦いが終わり、ガーランド王たちは村に数日間滞在。そして普通に帰っていった。

残されたアイオーンは俺の家に住むことになった。

見た目はいいんだけど、この子のことってよくわからないんだよなぁ……

群青色の長い髪、知的な眼鏡、部屋着姿を見たらけっこうなスタイルの持ち主だともわかった。

アイオーンは俺の家に住むことは承諾したが、一つだけ俺に言ってきた。

「あたしの部屋、掃除は自分でするんで誰も入んないようにしてください」

「え、なんで？」

「なんでもです。知られたくないことって誰にでもあるべぇ？」

「は、はぁ……わかった。シルメリアさんたちにも言っておく」

「どうもなし」

アイオーンはドラゴン訛りがたまーに出る。普段はお嬢様みたいな丁寧語だが、俺を前にすると素が出てしまうようだ。

フォルテシモ様とレクシオン様は、アイオーンを俺の嫁にしてもいいと言っていたが、今のところその予定はない。というか……アイオーンの本心がよくわかんないんだよなぁ。

そんなこんなで、何週間か経ち……
アイオーンは村に馴染んでいる。図書館で勉強したり、村の仕事場を見学してメモを取ったり、

龍騎士たちの宿舎に行って質問したり、龍騎士の乗るドラゴンの厩舎を覗いたりしていた。

この村に来た理由が『勉強』だからな。学ぶ意欲は非常に高い。

だが、俺はまだ知らなかった。

アイオーンの勉強。それは……とても恐ろしいものだということを。

ある日、ローレライとクララベルはアイオーンをお茶に誘った。場所は新居の裏手で、シルメリアが育て、手入れをした花壇がある。シルメリアは椅子とテーブルを設置し、屋外テラスを作っていた。

三人はそこに座り、銀猫族のメイドの一人、マルチェラが給仕を担当する。

「うん、苦いけど……やみつきになりそう」と、カーフィーを飲みローレライに言うアイオーン。

「でしょう？　私もここに来て飲み始めたのだけど、このカーフィーには驚かされたわ」

「この苦み、甘いものによく合うね」

「甘いものなら、わたしの作ったケーキもどうかな？」

「うん、すっごく美味しい。クララベル」

アイオーンはケーキを食べ、クララベルに微笑みかける。

クララベルはニコニコしながら、自分の作ったケーキをモグモグ食べている。

ローレライはカーフィーを啜り、質問した。

「アイオーン、聞いてもいい？」

「何？」

「あなた、『龍人態』は習得したかしら？」

「ええ、母上から毎日指導を受けていたから。あまり長時間は持たないけどね」

「そう……あの、よかったらコツを教えてもらえないかしら？」

「あ、わたしもー‼」と、クララベルも会話に加わる。

「うん、いいよ。ふふ、なんだか楽しい」

アイオーンは眼鏡をクイッと上げる。

「それ……」

アイオーンの眼鏡が気になったローレライ。

「ああ、ファッションよ」

龍人の視力は普通の人間に比べるとずば抜けて優れている。

ファッションで眼鏡……その発想はなかったローレライは、自分も試してみようかと思った。

「姉さま、ケーキ食べて食べて」

「はいはい。まったく、この子は」

「可愛いじゃない。私もこんな妹が欲しいなぁ……」

「あ、じゃあわたし、妹になってあげる‼」

龍人少女たちのお茶会は、穏やかに進んでいく。

「ところでローレライ……龍騎士さんたちって全員男性？」と、急にアイオーンが尋ねる。

「え？　ええ、そうよ？」

「ふむ……既婚者は？」

「いないと思うけど……」

「なるほど……」

「？　どーしたの？」

「いえ、ちょっと気になって」

アイオーンは、なぜかニコニコしていた。しかもメモ用紙みたいな紙を手にしている。

「なるほど……男同士の宿舎ね」

ニンマリとしながら、紙に何かを書き殴る。

「ふふふ。男同士っていいわね」

「「？？？」」

ローレライとクララベルは顔を見合わせた……アイオーンが何を想像し、何を書いているのかさっぱりだった。

　その日の夜。

「……ってことがあったのー」

「「「…………」」」

　俺――アシュトと、ミュディ、シェリーの三人は、クララベルの作ったケーキを食べながら彼女の話を聞いていた。

　なんとなーく妙な気はしてたけど……うーん。

「龍騎士の生活が気になるねぇ……あたしにはよくわかんないわ」

「俺も。アイオーン、なんか裏があるような気がするんだよなぁ……」

　俺とシェリーは首を傾げ、ミュディに聞いた。

「ミュディ、どう思う？」

「え!?　あ、うーん……な、なんだろうね!?　あはは、はは……」

「どーしたの？　なんか冷や汗かいてるけど？」

「べ、別に……」

「「？」」

ミュディは引きつった笑みを浮かべ、手をブンブン横に振った。

この村に来てからアイデアが浮かんで仕方ない。そう思いながら彼女が書いているのは……

「ふふふ、筆が走る走る……」

その頃、アイオーンは、自室で何かを書いていた。

「……ん？」

すると、ドアがノックされた。

この部屋には誰も来ないはずだ。掃除も必要ないと言ってある。

それでもノックをするということは、何か重要な話でもあるのだろうか。

アイオーンはドアを少しだけ開けて外を確認する。

そこには、意外な人物が。

「こんばんは」

「……ミュディさん？」

「うん」

なぜ、ミュディが？　不思議がるアイオーン。

「男同士……」

そう呟くミュディ……たったそれだけで、アイオーンにはわかった。

こいつ……同士だ‼

「あ、あなた……まさか⁉」

「わたし、そこまで深くハマッてないけど……物語とかけっこう読んだことあるから、その……龍騎士さんたちってカッコいいし、男同士で生活しているから、ちょっと妄想することもあったりしちゃったり……なんて」

「お、おお……‼」

「え、えっとね、内緒ね？」

「もちろん‼　ささ、入ってくんせぇ‼」

「え、いいの？」

「ええ。あたしの書いた小説、読んでくんせぇ‼」

「しょ、小説……？」

「うん。男同士の『ピー』な小説‼　『ピー』とか『ピー』とか。さぁさぁまずは中へ‼」

「あ、あんまり深いのはちょっと……」

こうして意外な共通の趣味を持つ二人は、一気に打ち解けたのだった。

第五章　ワーウルフ族の収穫祭

「師匠。ワーウルフ族の村で収穫祭を執り行うんですが、ぜひ師匠も参加していただけませんか？」

ある日、薬院でフレキくんがそんなことを言った。フレキくんは俺の弟子の薬師で、ワーウルフ族の少年だ。

しかし、ワーウルフ族の村の収穫祭とは……？

「春先に植えたコメが収穫の時期になりまして。清酒はまだ仕込み始めたばかりで完成には程遠いんですけど……とりあえず、コメの収穫祭だけは行うことになりました」

「なるほど。収穫祭……」

「はい。去年はいろいろあったおかげで行えなくて……今年は師匠を招いて盛大に執り行おうと、長(おさ)が張りきってまして。近く招待状が届くと思います」

「へぇ～……ワーウルフ族の収穫祭かぁ」

ぶっちゃけ、めっちゃ興味ある。コメの収穫祭ってことは、コメ料理が並ぶんだろうか。

この村のコメ料理は、マンドレイクのスープカレーの添えもの、コメ握り、コメ炒め、あとお茶漬けくらいだ。

シルメリアさんもいろいろ調理方法を考えてるみたいだけど、けっこう使いどころが難しいらしい。

「収穫祭って、俺以外も行っちゃダメかな？　あと、コメ料理っていっぱい出る？」

「もちろん、コメの収穫祭ですからね。人数はよほどの大人数じゃなければ構わないと思いますよ。あ、ボクを含めてこの村にいる人狼は、全員が帰省すると思いますけど……」

「それは問題ないよ。あと、祭りでコメのことをいろいろ聞きたいんだけどいい？」

「はい。わかることなら!!」

フレキくんにいろいろ確認し、期待が膨らんだ。

◇◇◇◇◇

そして数日後、俺宛にワーウルフ族から手紙が届いた。

内容は、収穫祭への招待。もちろん返事は『参加』だ。

連れていく人選も終え、手土産を持ってワーウルフ族の村へ向かうことになった。

「センティ、よろしくな」

『お任せを!!』

ムカデの魔獣センティの背にお土産を積み、ワーウルフ族の村へ向かう人たちに声を掛ける。

メンバーはエルミナ、シルメリアさん、エルダードワーフのアウグストさん、サラマンダー族の若頭グラッドさん、デーモンオーガのバルギルドさんとその弟子（?）のブラン、モグラのブラックモール族のポンタさん一家、花妖精ことハイピクシーのフィルとベル、蜘蛛(くも)の下半身を持つアラクネー族のアラニエさん、蛇(へび)の下半身を持つゴルゴーン族のメドゥサさん、そしてフェンリルのシロ。各種族の代表を集めてみた。

魔犬族、天使族(エンジェル)、悪魔族(デヴィル)、そしてローレライたちは行けないらしいので仕方ない。

全員、速(すみ)やかにセンティに乗る。

下半身が独特なアラニエさんとメドゥサさんが乗るのに苦労したが、それ以外はすんなり乗れた。

俺も乗り込むと、デーモンオーガのブライジングことブランが俺の隣へ。

「よぉアシュト、ワーウルフ族って独身いるか？」

「なんだよ急に……ていうか、久しぶりに見たけど変わんないな。修業してるんじゃないのか？」

「うっせぇ!!　それよりも、村に来てるワーウルフ族って美人ばっかだよな。なぁなぁ、もしかしたらオレにもチャンスあるかね？」

「いや、知らんけど……あんまり失礼なことするなよ。バルギルドさんも見てるからな」

「へ、鬼が怖くて嫁を探せるかっての」

お前もデーモンオーガだから鬼だろ……とは言わなかった。

ということで、俺たちはワーウルフ族の村へ出発した。

だが数分後……揺れる背中の上にて。

「ぐ、おぉぉ……やっぱ気持ち悪い」

センティの乗り心地、やっぱ悪い。乗りもの酔いがすごい。

牛のクジャタが引く『クジャタ定期便』で行けばよかったけど、まだ大荷物は積めないからなぁ。

それにセンティがお役御免みたいになっちゃうし、それだとこいつが悲しむ。

というか、俺以外の全員が平然としていた。くそう……俺ってひ弱だ。


それから数時間後、ワーウルフ族の村に到着した。

出迎えてくれたのは、先に村に帰っていたフレキくん。そして村の住民ヲルフさんとその兄のヴォルフさん、加えてワーウルフ族の長だ。

「皆様、ようこそお越しくださいました」

村長の礼に合わせて人狼たちがお辞儀する。

俺は青い顔でお辞儀を返し、長と握手した。

「本日はお招きいただきありがとうございます。ささやかですが村からの贈りものです」

センティに積んであった酒、果物、その他をワーウルフ族へお土産として渡す。

村長は人狼たちに命じ、荷物を運び始めた。

「ありがとうございます。お疲れでしょう、まずは本日の宿へ」

あ、そっか。今日は泊まりだっけ。

男女で分かれ、今日の宿である空き家へ案内される。空き家といっても整備された立派な家だ。

フレキくんに案内され、空き家に荷物を置いた。

「収穫祭は間もなく始まります。美味しい料理やお酒がいっぱい出ますので、楽しみにしてくださいね!!」

「ありがとう、フレキくん」

さて、ここからは無礼講だ。

村長のありがたくも長ったらしい挨拶が終わり乾杯。後は自由に食事したり酒を飲んだりお話ししたりするスタイルだ。

料理は野外キッチンを使ってその場で振る舞われ、シルメリアさんは食事を作っている人狼のおばさんをジーッと見ながら、コメ料理に興味津々だった。

そして、何やら話し込みメモを取っている……村に新しいコメ料理ができそうだ。

バルギルドさんは、ヲルフさんとヴォルフさんを誘って飲んでいた。

テーブルにはセントウ酒やワイン、そして清酒が並び、三人でパカパカ飲んでいる。

バルギルドさんは笑みを浮かべているし、とても楽しんでいるようだ。

フィルとベルはコメを握った『おにぎり』を持って飛んでる。俺にとっては手のひらサイズだが、フィルとベルにとってはとても大きい。二人で一個食べるようだ。

アウグストさんとグラッドさん、アラニエさんとメドゥサさんは四人で一つのテーブルに座り酒盛りしている。全員の種族が違うのに、酒があるだけでもう仲よしだ。

まぁ、あの四人は大の酒好きらしいから、こうなるのは当たり前のような気がするけどね。

ポンタさん一家は、コメ料理を食べながらみんなに愛でられていた。

愛くるしい姿に若い人狼たちが群がり、撫でたり抱っこしたりモフモフしたりと忙しい。

ポンタさんは不満のようだが、奥さんや息子さんが楽しげにしているので諦めたようだ。

ブランは、若い人狼に声を掛けて酒盛りしていた。

おいおい、人狼の女の子がみんな集まってるよ……意外も意外。女性陣はブランが気に入ったのか、一つのテーブルに何人も集まってはブランにお酌をしていた。

「はーっはっは!!　オレの時代だぜ!!」

なんか言ってる……まぁ放っておこう。

さて、もう少し見てまわるか。

「みゃあ」

「って……ルミナ!?　なんでここに」

「ふん。こっそり一緒に来ただけだ。それより撫でろ」

「……まぁいいや」

「みゃう……ごろごろ」

頭とネコミミを撫でると、喉をごろごろさせた。

ルミナが俺にくっついて身体を擦りつけ始めた。まぁ好きにさせよう。

すると、エルミナの声が聞こえた。

「お、おじいちゃん⁉　なんでここに」

「そりゃ招待状をもらったからじゃ。それよりも、お前がいるということは……おお、アシュト殿‼」

なんと、ハイエルフの長でエルミナの祖父ジーグベッグさんだ。どうやら招待されたらしい。

話を聞くと、ワーウルフ族の長と飲み友達になったようだ。おつきのハイエルフを数人連れ、この収穫祭に参加したとのこと。

俺はジーグベッグさんに簡単に挨拶する。エルミナは久しぶりに会ったらしいので、俺は家族の時間を邪魔しないようにその後ですぐ退散した。

というわけで俺は、ルミナをくっつけたまま収穫祭を楽しむ。

収穫祭か……緑龍の村でも、こういう催しがあれば面白いかも。

第六章　ブラックモール・パラダイス

緑龍の村の近くには、とても大きな鉱山がある。

宝石の原石、鉄鉱石や銅鉱石、ダマスカス鋼やミスリル鉱石など、レアな鉱石がいっぱい採掘可能だ。しかも、採掘をするのはその道のプロであるブラックモール族。

身長は一メートル以下、黒い体毛につぶらな瞳、手には爪(つめ)が生えており地面をかき分けて進むことが可能だ。ほぼモグラな愛くるしい見た目で、緑龍の村では人気者だ。

だが、ブラックモール族は成人が多い。種族が違うとはいえ、若い女性に抱っこされたり撫でられたりするのはやはり気分がいいものではない。

なので、抱っこされたり撫でられたりするのはもっぱら子供のブラックモールだ。子供は大人のさらに半分ほどの大きさで、まるで生きているぬいぐるみのようだと評判だ。

ミュディに至っては子供のサイズを計り、等身大のぬいぐるみを作って部屋に飾っているほどである。

ある日、鉱山近くに建てられたブラックモール族の休憩小屋で、ブラックモール族のリーダーであるポンタが、鉱山内の地図を広げて言った。

「新規の採掘場を掘るんだな‼」

鉱山マップは、発掘初期からポンタが描いていた。

すでにけっこうな量を採掘したが、計測上では山の表面をわずかに削った程度だ。おそらく、さらに数千年数万年の間は鉱石が発掘可能であろう。

ポンタは、可愛らしい爪で地図をポンポン叩く。

「ここ、見るんだな。ピータンの話では大量のアダマンタイトが眠っているんだな」

測量士のブラックモール族、ピータンが言う。

「そうなんだな。前にちょびっと採掘したけど、純度の高いアダマンタイトがゴロゴロ出てきたんだな。ちょうどマーメイド族との取引が始まったんでミスリル鉱石を優先したから放置したんだけど、そろそろこっちにも手を出すんだな」

「待つんだな‼」

と、そこで一人のブラックモール族が手を上げる。

「パナップ。どうしたんだな?」

「ポンタ。アダマンタイトもいいけど、こっちの方にはクリスタル結晶が埋まってるんだな。前に少しだけ発掘したからわかるんだな」

「パナップ。それは初耳なんだな‼　なんで言わなかったんだな‼」

「言ったんだな‼　でもポンタは聞いてなかったんだな‼」

ポンタとパナップが睨み合う……

そこに、一人のブラックモール族が割り込んだ。

「やめるんだな‼」

「プーヤン……」

「ポンタ、リーダーたるもの、みんなの言葉や意見はしっかり聞くべきなんだな。パナップも、ポンタだけじゃなくてオイラにも言うんだな。ポンタがちゃんと聞いてないと思ったならなおさらなんだな」

二人を仲裁したのは、ブラックモール族の副リーダー、プーヤンだ。

ポンタとパナップは俯き、互いを見る。

「パナップ、ごめんなんだな……」

「こっちこそ。ちゃんと言うべきだったんだな」

二人は握手し、仲直り。

プーヤンはうんうん頷き、測量士のピータンはホッと胸をなでおろした。

そして、話し合いが再開。

「じゃあ、チームを分けるんだな。アダマンタイトを掘るチーム、クリスタル結晶を掘るチーム、そして従来の発掘をするチームと、三つに分けるんだな」

ポンタが言うと、全員が頷いた。

「ぼくのチームが従来の発掘チーム、プーヤンがアダマンタイト、クリスタル結晶は……パナップに任せるんだな」

「ぼ、ぼくでいいんだな？」

「うん。クリスタル結晶を見つけたのはパナップなんだな。ここは任せるんだな」

「ポンタ……うん、ぼく、頑張るんだな‼」

パナップは両手を上げてパタパタさせる。

ブラックモール族は、緑龍の村に八十名ほど派遣されている。作業員の家族を含めると百を超えていた。

それぞれチームを作り、これからの発掘計画を立てる。

最後に、それらの計画をポンタが計画書に起こした。

「じゃ、これで決定なんだな‼」

そして、その計画書をそっとアシュトに手渡す。

「村長‼　よろしくお願いしますなんだな‼」

「………は、はい」

実はさっきからいて、黙ってこれら一連の流れを見ていたアシュトは、計画書を受け取る。

ブラックモールたちはワイワイし始める。

アシュトは思わず呟いた。

「か、可愛い……」

俺――アシュトが、たまにはブラックモール族の仕事を見学しようと鉱山に行ったら、ちょうど会議が始まった。

せっかくなので会議を見学していたら、なんとも可愛らしい喧嘩が始まり、すぐに和解……というか、姿といい名前といいみんな可愛い。あと見分けがつかない……

サラマンダー族はなんとか見分けられるようになったけど、ブラックモール族は未だにわからない。

作業着も統一されてるし、身体に傷があるとかいう特徴もないし……俺がわかるのはポンタさんだけだ。

「村長、クリスタル結晶を見つけたら届けるんだな」

「え、ええ。えーっと……パナップさん」

「アダマンタイトはオイラたちのチームにお任せなんだな」

「は、はい。あー……プーヤンさん」

たぶん、間違っていない……はず。

ああもう可愛い。ミュディが夢中になるのも理解できるよ!!

「で、ではみなさん。お気を付けて。それと何かあったらいつでもどうぞ」

「「「「ありがとうなんだな!!」」」」

うん、見分けつかないけど……みんな可愛い!!

第七章　泡風呂を作ろう

ここは村長湯。俺専用の浴場だ。ここでは、新しい入浴剤の実験をすることが多い。

開発した入浴剤をいきなり村人用の男湯と女湯に使うわけにはいかないからな。まずは製作者の俺が実験、効能を確認して問題なければ各浴場で使うという流れだ。

入浴剤は、俺の研究の一つになっている。

以前、ハイエルフの里にある沐浴場の水を見て驚いた。様々な薬草や樹液が奇跡のような割合で溶け合い、肌や髪に潤いを与える薬水となっていたからである。

あれを再現するのは難しそうだが……ふふふ、それでも俺特製の入浴剤をこの手で作ってやる。

そのための薬草を育て、配合……ああ、めっちゃ楽しい。

「というわけで、今日は……こいつだ!!」

誰もいない村長湯で一人張りきる俺……なんかアホみたい。でも、まぁいい。

俺が掲げたのは、掌サイズの黒い球体だ。

もちろん、俺が作った。ふふふ、こいつの効能はちょっとすごいぞ。

「みゃう。なんだそれ？」

「ああ、これは……って、ルミナ!?　いつの間に」

「ふん。一人でコソコソ何かをしてたからな。ついてきた……てっきり美味しいものでも食べるのかと思ったら」

「いやいや、コソコソしてないし。それに風呂場だぞ」

ルミナは裸にタオルを巻いている。ネコミミをぴこぴこさせ、尻尾をフリフリしてる。

俺はとりあえず手拭いを腰に巻き、黒い球体をルミナに見せた。

「なんだこれ？　飴（あめ）？」

「飴じゃない。というか食べるなよ？　いいか、これは俺が調合した薬草を、ポンタさんたちが発掘した『気泡石（きほうせき）』と合わせたものだ」

「きほう、せき？」

「ああ。まぁ見てろ」

俺は球体を浴槽へ投げ入れる。すると、変化はすぐに起きた。

「みゃ……みゃう⁉　なんかお湯がボコボコしてる‼」

「ふふ、これが気泡石の正体だ。水に入れると泡を出す。原理はまだ解明できてないけどな」

浴槽の一部で、ボコボコと煮立ったように気泡が立つ。

もちろん、沸騰してボコボコしているわけじゃない。細かく砕いた気泡石が浴槽の湯に影響を与えている。砕いたことで少し泡立ちが弱い気がするけど、これは実験だからいい。

「みゃう。これ大丈夫なのか？」

「ああ。健康に影響はないよ。泡が出るだけだし、砕いたことで少し泡立ちが弱いけど、数時間は泡が出続けるはずだ。粉状にしたから浄化して川に流しても大丈夫なはず」

「みゃあ……ボコボコ、気持ちいい？」

「うん。じゃ、入ってみるか」

そう言うが早いか、いきなり浴槽に飛び込もうとしたルミナの手を掴む。

「な、なんだよ」

「まずは身体を洗ってから。ほらおいで」

「みゃうー……」

ルミナの身体を綺麗に洗う。俺が尻尾と背中を洗い、前は自分でやってもらった。

俺も身体を洗い、浴槽へ向かう。

「どれどれ……」

湯に浸かり、泡の元へ……うん。ボコボコが身体に触れて気持ちいい。

ルミナも湯に浸かり、ゴロニャンと蕩けた。

「みゃおぉ……きもちいい」

「うーん。確かに気持ちいい……でも、少し泡立ちが弱いな。一緒に溶かした薬草の成分も悪くない。問題は泡立ちだけか……」

メモが取れないので脳内に保存。


風呂をたっぷり満喫した後は浴場から出て、ルミナに果実水を飲ませた。

俺は湯を観察し、ボコボコが三時間ほど続くことを確認した。夕方頃に入れれば夜まで持つ。なら、仕事を終えたみんなの利用が一番集中する時間帯に入れれば問題ないな。

俺はメモを取り、浴場の休憩所でまとめる。ルミナはソファで丸くなりスヤスヤ眠っていた。

すると、ドアがノックされる。

そこにいたのは天使族(エンジェル)の整体師、カシエルさん。

「失礼します、お茶をお持ちしました」

なんと、この整体天使さん……気を遣ってお茶を淹れてくれましたよ。

ルミナのネコミミがぴこっと動き、目を開けてカシエルさんをじーっと見る。

カシエルさんは優しく微笑み、無言で果実水のお代わりを置いた……マジでこの人、『できる人』だ。

お茶を飲み、検証結果を見直す。

「……うん、もう少し気泡石を増やそう。後は……」

調合の記録を見直し、新しい入浴剤……その名も『泡風呂の素』を作る。

薬院の研究室に戻ろうと立ち上がると、また眠ってしまっていたルミナも起きた。

「寝てていいぞ。一時間くらいで戻るから」

「みゃ……一緒に行く」

ルミナは俺に抱きつき、身体を擦りつける。

ルミナなりの愛情表現だ。なんとも可愛らしい……このネコミミめ。

俺はルミナの頭を撫で、ネコミミを軽く揉む。

「よし、じゃあ一緒に行くか」


薬院に戻り、検証結果を見て再調合……俺は『泡風呂の素』を完成させた。

再び村長湯で実験……と思ったのに。

「新しいお湯なんだ〜♪」

「今度はどんなの作ったの?」

「ふふ、気になるわね」

「お兄ちゃんとお風呂～♪」

「アシュト、早く早く!!」

ミュディ、シェリー、ローレライとクララベル、そしてエルミナ。たまたま新居にいたみんなが集まり、タオル一枚を身体に巻いて村長湯に集まった。

いやはや、とんでもない光景だ……みんなの裸は見慣れたけど、さすがに全員揃うと恥ずかしいな。

ルミナがいるのが救いだ。この子がいなかったら俺の制御が利かずいろいろヤバい。

「あくまで実験だから期待するなよ」

ルミナの頭を撫で、俺は『泡風呂の素』を浴槽に投入。

先程よりも強く、そして広範囲に泡立つ。そして薬草の香りも際立った。

「おぉ～……あ、泡立ってる」

「エルミナ、入ってみろよ」

「え、わ、私？」

「大丈夫大丈夫。ほら」

エルミナはおずおずと浴槽へ。泡立つ湯に少しビビッていたが、意を決しドボンと浸かる。

「～～～……っ!!　……あれ？　き、気持ちいいかも」

「だろ？」

「ふぁぁ……」

エルミナはすぐに蕩けた。

そして次にルミナ、シェリー、クララベル、ローレライ。最後にミュディが泡風呂へ。

最初は驚いていたが、すぐに全員が蕩けた。

「どうだ、泡の強さや感触は？」

「気持ちいい～……」

ミュディは完全に蕩けている。

うんうん。どうやらいい刺激になっているようだ。これなら大丈夫だろう。

後で村の浴場を管理しているエルダードワーフ、フロズキーさんのところに持っていくか。

「じゃ、俺は成果をメモにまとめるから。後はみんなでゆっくり浸かってろよ」

◇◇◇◇◇

その後、泡風呂は村の浴場に提供された。

泡風呂専用の浴槽も作るとか、フロズキーさんも張りきっている。そして、俺の入浴剤レポートのページも増えた。いつかこれで一冊の本を出してみたいな。

さぁて、今度はどんな湯を作ろうかな？

第八章　ルシファーの暇な一日

オーベルシュタイン領土にある大都市の一つに、悪魔族（デヴィル）が住む『魔界都市ベルゼブブ』がある。

ビッグバロッグ王国の数倍の領土を持ち、様々な産業において人間の国とは比較にならない技術を持つ超大国であり、都市の景観もまるで違う。

巨大な塔が並び、その一つ一つの階層に飲食店や洋装店や宝石店などが店を構えている。舗装された道路では『魔動車』と呼ばれる魔力で動く乗りものが走っていた。

道行く人……悪魔族（デヴィル）もどこか垢抜けて見えるのは気のせいではない。流行の最先端を行くベルゼブブでは、住人たちも着飾っている。

そんな魔界都市ベルゼブブを作り上げたと言っても過言ではない人物。

魔界都市ベルゼブブ市長であり、悪魔族（デヴィル）の上位種である闇悪魔族（ディアボロス）の長。暗闇の魔王、夜の化身と数々の異名（いみょう）を持つ闇悪魔（ディアボロス）……ルシファーだ。

「くぁ……ふぁ～あ……はぁ、眠い」

そんなルシファーは、魔界都市ベルゼブブの心臓とも言える『魔界庁舎』でカーフィーを啜り、大きな欠伸（あくび）をした。

仕事が山積みなのだが、ルシファーにかかれば大したことはない。もしこの仕事をするのがアシュトなら悲鳴を上げ頬を引きつらせるだろう。

ルシファーは、部屋の隅でジッとしている護衛のデーモンオーガ、ダイドに言う。

「ねぇダイド、また緑龍の村に行かない？」

「…………」

「あはは。まぁいいじゃないか、ずっと仕事ばかりだと眠くなるし。それに、あそこは重要な取引のある村だ。ボク自ら視察や挨拶に行くのも立派な仕事だよ」

「…………」

ダイドは瞼（まぶた）を開けたり閉じたり、ルシファーを見たり目を伏せたりするだけだ。だがルシファーはダイドが何を言いたいのか察知し、返答がないにもかかわらず話を続ける。

「…………」

「お、いいのかい？　ああ、ディアーナにも会いたいなぁ。我が愛しの妹、アシュトのことが好きなくせに素直になれないんだから」

「…………」

「ああ、いいのいいの。アシュトも長寿だしね。時間はたっぷりあるさ。それに、アシュトのお嫁さんはまだまだ増える……そんな気がするよ」

「…………」

「ん？　あはは、ボクは別にいいんだよ。好きな子は手の届かない場所にいるし、結ばれることはないからね……」

そう言って、ルシファーは天井を見上げた。

精巧なシャンデリアがキラキラ光っている。

「…………」

「ん……そういえば、キミと出会ってそろそろ二百年くらいかな」

「…………」

「あはは。懐かしいね……ボクを殺しに来た暗殺者さん」

「…………」

「ま、ダイドもけっこう強くなったし、今なら……あ、無理って？　あはは、そうかなぁ？」

ダイドは、眉をハの字にして苦笑した。

ルシファーは敵も多い。とある組織に雇われた流れの殺し屋デーモンオーガがダイドで、ルシファーを殺そうとしたが見事なまでに返り討ちにされ……ルシファーはダイドを雇った組織を一人で壊滅させた。

その後ダイドは、なぜかルシファーに気に入られ、護衛として雇われることになった。それから二百年……当時とまったく変わることなく、ルシファーは飄々としている。

「さぁーて、お出かけの準備をしなくちゃね。お土産を用意しないと」

ルシファーは立ち上がり、緑龍の村へと向かった。


緑龍の村は、今日もいい天気だ。

「にゃあ」

「わぅぅ」

「まんどれーいく」

「あるらうねー」

村に到着したルシファーが出会ったのは、可愛らしい子供たちだ。

ミュア、ライラ、マンドレイク、アルラウネがルシファーをジーッと見ていた。ルシファーは転移魔法でお菓子が山ほど詰まったバスケットを取り出すと、ミュアに渡す。

「さ、どうぞ」

「にゃうぅ‼　ありがとー‼」

「わおーん‼」

「まんどれーいく」

「あるらうねー」

「はは。ちゃんとシルメリアお姉さんに言うんだよ？」

ルシファーがミュアの頭を撫でると、尻尾が左右に揺れる。

ルシファーは彼女たちに『お菓子をくれる人』と認識されている様子だ。ここに来るたびにお菓子やお小遣いをあげているから当然なのだが。

ミュアたちはルシファーにお礼を言うと、バスケットを抱えて走りだした。シルメリアに報告し、みんなでおやつにするために。

「じゃ、アシュトのところに行こうか」

「………」

最初のイベントを終え、ルシファーはダイドに声を掛けて歩きだす。

ダイドは気配を殺し、ルシファーの後ろをついていった。

すると、目の前から若い男……デーモンオーガが歩いてきた。

「あん？　おいおい、見ねぇ顔だな」

「やぁ、こんにちは」

ルシファーが会ったのは、デーモンオーガのブライジングことブランだ。

ワーウルフ族の収穫祭で若い人狼の女性たちにモテモテで気分がよかったのだが、いざ求婚すると相手にされず、泣きながら村に戻ってきたのはそう昔のことではない。

今ではすっかり村に馴染み、ちゃんと仕事をしているかと思いきや、ハイエルフ女子や悪魔族(デヴィル)女子をナンパしてはフラれ、バルギルドやディアムドに折檻(せっかん)される毎日だ。

「お、デーモンオーガじゃねぇか」

「…………」

「よぉ、同族だな？……おい、挨拶くれぇしろよ」

「…………」

「おいコラ、喧嘩売ってんのか？」と、すごむブラン。

「ごめんごめん。彼は無口なんだ」と、ルシファー。

「ケッ、そうかい。それよりおめぇ、誰だ？　よそモンだよな？」

「うん。アシュトに会いに来たんだ。キミはアシュトの友人かい？」

「ま、ダチだな。ふふふ、飲みトモよ飲みトモ」

「そっか。じゃあアシュトはどこにいるかわかる？」

「さーな。薬院で薬でも作ってんじゃね？」

「わかった。ありがとう」

「おう。ま、暇ならオレんとこ来いよ。一緒に飲もうぜ」

「そうだね。後で顔を出すよ。じゃあ」

ブランと別れ、ルシファーは歩きながら考える。

やはり、ここはいい村だ。活気があり、笑顔がある。

あんなに明るい声で自分を飲みに誘う者など、ベルゼブブにはいるだろうか。

「ふふ、飲みに誘われちゃったよ……ダイド、後で一緒に行こうか」

「…………」

ダイドは、片目を薄く開く……承諾のサインだ。

ルシファーは気分よく歩きだし、アシュトの元へ向かうのだった。

第九章　それぞれの飲み会

ある日、ハイエルフ女子たちは、エルミナの部屋で飲み会をしていた。

清酒、ワイン、セントウ酒を大量に持ち込み、シルメリアに作ってもらったおつまみをテーブルに並べ、エルミナ、メージュ、ルネア、シレーヌ、エレインの五人が集まった。

各々(おのおの)がグラスに酒を注ぎ、エルミナが言う。

「じゃ、かんぱーい‼」

「「「「かんぱーい♪」」」」

グラスを合わせ、ハイエルフ女子による飲み会が始まった。

ハイエルフ女子の飲み会はここだけではない。村に住む他のハイエルフたちも各々で飲み会を定期的に開催している。メンバーも入れ替わりで、仲よし同士で飲むことも多かった。

この五人は幼馴染で、よく集まって飲み会を開いている。

エルミナはグラスいっぱいの清酒を一気に飲み干し、ぷはーっとオヤジみたいに息を吐く。

「エルミナ、おっさんみたい」

「うっさいわね。ほらルネア、あんたも清酒飲みなさいよ清酒。私の自信作の清酒ぅ～♪」

「エルミナ、息が臭い～」

「あぁん⁉」

「ほら喧嘩しないの。ルネアはワインが好きなんだよね」

「うん。ありがと、メージュ」

メージュがワインを注ぎ、ルネアはチビチビ飲む。

そんな様子を見ていたシレーヌが、乾燥させたイカを食べながら言う。

「そーいやさ、ルネアってアシュト村長に告ったの？」

「ぶーっ」

「ぎゃあぁっ⁉　ちょ、無表情のまま吐き出さないでよっ‼」

「ああ、エルミナちゃんがワインまみれに⁉」

ルネアの吐いたワインがエルミナの顔面を濡らし、エレインは慌てて手拭いを差し出す。

メージュはシレーヌをジト目で見た。

「シレーヌ、あんた……」

「いやいや、だって見てればわかるじゃん。ルネアが村長のこと好きだーって」

「まぁそうだけどさ……」

ルネアは赤くなり俯く。たぶん、ワインで酔ってるせいだけじゃない。

手拭いで顔を拭くと、エルミナは言った。

「ルネア、アシュトのこと好きなの？　ならさっさと告っちゃえば？」

妻でもあるエルミナは特に深く考えてはいなそうだ。

そんなエルミナにシレーヌは聞いた。

「あのさ、エルミナって村長とどうなの？」

「どうって？」

「いやさ、ベッドもだけどお風呂も一緒に入ってるでしょ？　その……子供、作るの？」

「んー、まだその予定はないかな。私、アシュトに甘えるのが好きなのよ。くっついたり触ったり触られたり、なーんか幸せな気分になるのよねー……」

「え、エルミナちゃん……大人だぁ」

エレインが頬を紅潮させる。

ルネアは何かを想像したのか、さらに赤くなった。

メージュはため息を吐き、シレーヌが締める。

「ま、あたしらも村長も長寿だし、焦らなくてもいいんじゃね？」

時間はたっぷりある。そう結論づけ、ハイエルフ女子の宴会は続いていく。

緑龍の村、とある樹木の上。

ここは、ハイピクシーたちの家がいくつも並んでいる。見かけは大きな木箱だが、枝にしっかりと固定され、雨風が来ようとビクともしない、ドワーフ特製の木箱型ハウスである。

村の中心にある大樹の上には、ひと際大きな木箱が設置されていた。

ここは、ハイピクシーたちの集会場。アシュトにお願いして設置してもらった特別製だ。

今日は、ハイピクシーたちのパーティーである。

『じゃ、みんな……かんぱーい‼』

フィルが小さな木のカップを掲げると、集会場内のハイピクシーたちが一斉に『かんぱーい‼』と声を上げる。

エルミナたちと同じく、ハイピクシーたちも定期的にパーティーを開いていた。

いつものパーティーだが、今日は珍しいお客が。

『おーい、ぼくたちも交ぜてくれよ』

『あ、ニック‼』

集会場に来たのは、緑龍の村に住むネズミのニックたちだ。屋根裏にはびこる虫を駆除したり、生ごみを処理したりしてくれている彼らはフィルたちとは友人になっていた。

ニックたちは、果物を持ってやってきた。フィルたちは喜んでネズミたちを迎える。

『悪いね。楽しそうな声が聞こえたから』

『いいよいいよ、楽しくおしゃべりしよう‼』

『フィル、くだもの』

『ありがと、ベル』

ハイピクシーのベルが、ニックたちの持ってきた果物を運ぶ。そして、ネズミたちにもカップを配り、アシュトからもらった果実水を注ぐ。

『じゃ、今日はみんなで楽しもー‼』

花妖精とネズミたちの夜は、始まったばかりだった。

◇◇◇◇◇◇

使用人の家。ここには、アシュトに直接仕える銀猫族のメイドたちやライラが住んでいる。

そして今夜、ミュアの部屋では子供たちの集会があった。

「にゃあ」

「わうぅ」

「まんどれーいく」

「あるらうねー」

「……なんであたいまで」

参加者はミュア、ライラ、マンドレイク、アルラウネ、そしてルミナだ。

ライラは、自分で作ったポーチから夜食を取り出す。

「わぅぅ。干し肉‼」

「わたし、ひもの持ってきたー」

「まんどれーいく」

「あるらうねー」

ライラは干し肉、ミュアは干物、マンドレイクとアルラウネはアシュトからもらった植物用の栄養剤だ。ルミナはしぶしぶといった様子で果物を出す。

飲みものは、こっそりキッチンからくすねた果実水の瓶が数本。

ミュアの部屋で今日開催されているのは、『こっそりおやつパーティー』だ。

「にゃう。みんな静かに……かんぱーい」

「わぅーん」

「まんどれーいく」

「あるらうねー」

「…………」

グラスを軽く合わせ、子供たちの『こっそりおやつパーティー』が始まった。

ライラは早速大好物の干し肉を齧る。

「くぅん、干し肉おいしい!!」

「にゃあ。ひものも美味しい!!」

「まんどれーいく」と、栄養剤をルミナに差し出すマンドレイク。

「栄養剤はいらん。あたいのお腹が痛くなる」

「あるらうねー」

マンドレイクとアルラウネは栄養剤をゴクゴク飲む。やはり植物なので栄養剤が好きなのだ。

子供はすでに寝る時間。だが、今日は『こっそりおやつパーティー』だ。たまにだが、こうしておやつを持ち寄りみんなで夜に食べている。ルミナもしぶしぶ来てくれるようになった。

「えへへ。悪いことしてる気分」と、ライラ。

「シルメリア、怒るかも」と、ミュア。

「……あいつ、怒ると怖いぞ」と、ルミナ。

「にゃうう。静かにしてれば大丈夫!!」と、ミュア。

ちなみに、大人の銀猫たちも夜に集まって晩酌していることをミュアたちは知らない。まだ子供なので、お酒の味や大人の集会ことはよく知らないのだ。

実は、子供たちの集まりはシルメリアにバレているが……自分たちもやっている手前、強く注意できないのであった。

「にゃあ。おやつ食べたらご主人さまのところに行こっ」

「行くー」

「まんどれーいく」

「あるらうねー」

「よし、撫でてもらうぞ」

たまーに、ミュアたちがアシュトの布団に潜り込むのは、こうした集まりで夜中まで起きているからである。

アシュトがそのことを知るのはだいぶ後になってからだった。

第十章　癒しのもふもふ

俺──アシュトは、今日は薬院での仕事はお休みだ……さて、何をしようか。

最近の趣味である植物図鑑作りのために森にでも行こうか悩んでいると、来客があった。

「村長、遊びに行こっ」

と、デーモンオーガのバルギルドさんの娘、ノーマちゃんがやってきた。

なんでも、フィルが見つけた花畑に行きたいのだとか。あそこにいる魔獣……？　なのかなんなのかよくわからないモフモフ生物のニコニコアザラシが可愛いから、ぜひとも撫でたりもふもふしたりしたいらしい。

「いいよ。せっかくだし、お弁当を持ってみんなで行こうか」

「うん!!　あ、そうだ。お父さんたちも一緒に行くってさ」

「え？」

まさか、バルギルドさんやディアムドさんもモフモフが好きなのか……？

あのガチムチデーモンオーガ二人が、ニコニコアザラシを抱っこしている姿を想像……ダメだ、違和感しかない。

「この辺りはまだまだ行ったことがない場所が多いから、花畑の近くも調べてみたいんだってさ」

「あ、そういうことね」

なーんだ、調査か。安心安心……いやほんと、ちょっとは見てみたいけどね。

さて、花畑か。シルメリアさんに頼んでお弁当を作ってもらおう。

ノーマちゃんは、一緒に行く子たちを連れてくると言って出ていった。

「ニコニコアザラシ、俺も触ろう」

前に行った時はフィルと一緒に蜜集めしてたから、ニコニコアザラシには触れなかった。ミュディとエルミナは、もふもふを堪能したみたいだけど。

調べると、ニコニコアザラシは非常に大人しく、花の蜜を数滴と水を摂取するだけで生きていけるらしい。寒さにも強く、冬の前にはカップ一杯の花の蜜と水を摂取して、残りは寝て過ごすのだとか。

というわけで、今日は花畑でピクニックだ。


さて、やってきました花畑。

「いたーっ!!　みんな、アレがニコニコアザラシよ!!」

エルミナは早速ニコニコアザラシを見つけて指差す。

花畑にある大きな泉のほとりに、真っ白でもふもふな巨大生物がいた。二股に分かれた尾ヒレ、手のような前ヒレ、ニコニコしているような表情はとても可愛らしい。

一緒に来たエルミナ、ミュディ、シェリー、そして子供たちは早速ニコニコアザラシの元へ。

「村長。オレたちはこの辺りを見まわってくる」と、バルギルドさん。

「……キリンジ、後は頼む」と、キリンジくんのお父さんのディアムドさん。

「はい。父さん」

「あたしもいるから任せてね!!」

「ご主人様は私がお守りします」

こうしてバルギルドさんとディアムドさんは見まわりに出かけ、キリンジくんとノーマちゃん、そして珍しくシルメリアさんも一緒に俺の護衛に。

ノーマちゃんは、ニコニコアザラシを見て言った。

「でっかいねぇ……あれ」

「主食は花の蜜、あと水だけで生きられる生物だよ。ここが住処みたい……ん？」

「村長、あれ」

俺とキリンジくんが見つけたのは、ニコニコアザラシの子供だ。

『もきゅう』

「お、子供か。小さいな……俺でも抱っこできそうだ」

花畑から出てきた小さなニコニコアザラシは、俺の足下に擦り寄った。

抱っこしてみると……うん、めっちゃもふもふ。このまま抱いて寝たい。

「か、可愛いっ!! 村長、あたしにも抱かせて!!」

「ん、はい」

「……ノーマ様、次は私に」

ノーマちゃんだけじゃなくシルメリアさんも気になったのか、ネコ耳がめっちゃピコピコ動いてる。

キリンジくんは小さく息を吐き、周囲を警戒した。

「……どうやら、ここはニコニコアザラシしかいないみたいですね」

「うん。そうみたいだね……それにしても、ニコニコアザラシって見るからに鈍足そうなのに、魔獣とかに襲われないのかな？」

「確かに。大きくて肉厚だし、魔獣にとってはご馳走……襲われない秘密でもあるのでしょうか」

と、キリンジくんと真面目な話をしていると、ニコニコアザラシの子供を抱いたシルメリアさんが言う。

「おそらく、肉でしょう」

「『肉？』」

「はい。ニコニコアザラシ……どこか見覚えがあると思ったら、以前のご主人様が庭で飼っていたのを思い出しました。老衰で亡くなったのですが、死んだニコニコアザラシからとてつもない腐敗臭がして、私たちの鼻がしばらく使いものにならなくなったのを覚えています」

「なるほど。つまり……」

「はい。魔獣たちは本能で知っているのかもしれません。ニコニコアザラシは死ぬととてつもない腐敗臭を放つ。殺したところで、結局食べれない肉を持つ魔獣を襲う意味はない……と」

「なるほど。弱いからって襲ってもしょうがないんだ」

「ちょっとちょっと、村長もキリンジも死ぬとか腐敗臭とかやめてよ。こんな綺麗な花畑なのに」

ノーマちゃんが苦笑した。

エルミナたちを見ると、ニコニコアザラシに抱きついたり、背中に登って昼寝したりしている。当のニコニコアザラシはまったく気にしている様子はない。

『きゅう』

シルメリアさんからニコニコアザラシの子供を受け取り、みんなでミュディたちの元へ。

「ちょ、お兄ちゃん!! 何その子!!」

「か、可愛い～～っ!!」

シェリーとミュディがニコニコアザラシの子供に夢中になった。

「ご主人さまーっ!! この子もふもふー!!」

「わうん。可愛い!!」

「まんどれーいく」

「あるらうねー」

ミュアちゃん、ライラちゃん、マンドレイクとアルラウネはニコニコアザラシの背中で遊んでいる。

「シルメリア、お弁当の支度をしましょうか」

「あ、わたしも手伝う!!」

「ありがとうございます。では、シートを広げましょうか」

ローレライとクララベルは、シルメリアさんと一緒にお昼の準備。

「あ〜……これ、一匹連れて帰りたいぜ」

「だめなの!! この子、ここがしあわせなの!!」

「わ、わかってるっつーの」

「あはは。シンハ、言われてやんのー」

「ね、姉ちゃんうっさい!!」

「……やれやれ」

ノーマちゃんの弟シンハくんが、キリンジくんの妹エイラちゃんに怒られ、ノーマちゃんがからかい、キリンジくんが苦笑する。

しばらくして、バルギルドさんとディアムドさんが見まわりから戻ってきた。

「この辺りは特に問題ない。魔獣の足跡やフンもなかった」

「どうやら、いるのはこのニコニコアザラシだけのようだな」

二人のお墨つきだ。これからもここはニコニコアザラシの楽園だろう。

俺は近くで寝ていたニコニコアザラシに近付いて抱きついてみた。

……うん。もふもふ!!

これから定期的に来よう。ここ、めっちゃ癒されるわ!!

第十一章　ビッグバロッグ王国にて　～副官のお仕事～

ここはビッグバロッグ王国。

アシュトの兄貴分であるヒュンケルは、自分の執務室で仕事をしていた。部屋にはヒュンケルの副官のフレイヤ、そしてフレイヤの双子の姉フライヤがいる。

フレイヤはヒュンケルの補佐。フライヤはフレイヤについてきただけだが、執務室の掃除やお茶くみなどをやってくれる。今ではなくてはならない存在だ。

ヒュンケルは、アシュトからもらったカーフィーを飲む。

「ん、美味いな」

「ふふ。ありがとうございます、ヒュンケルくん」と、フライヤ。

「あのな……オレの方が年上だし、くんづけはやめろって」

同じく、カーフィーを啜っていたフレイヤも言う。

「姉さん。先輩は上司です。ちゃんとした呼び方を」

「お前も『先輩』呼びだけどな……まぁ、くんづけよりはいいけどよ」

「それはどうも。それより先輩、カーフィーの在庫がなくなりそうなので追加発注を」

「おお、わかった」

今では、事務仕事に欠かせないカーフィー。発注は全てヒュンケルが行っている。

それは、発注先がオーベルシュタイン領土……アシュトの村だから。アシュトはビッグバロッグ王国から追放された身なので、まさかオーベルシュタイン領土に注文しているとは言えない。

その時、執務室のドアがノックされた。

「は〜い♪」

「やぁフライヤ。ヒュンケルはいるかい？」

「あ、リュドガくん。ヒュンケルくんはカーフィーブレイク中。リュドガくんも一緒にどうかな？」

「そうだな。いただくよ」

やってきたのはアシュトの兄、リュドガだった。

一連のやり取りを聞いていたヒュンケルは苦笑する。

「ビッグバロッグ王国広しと言えど、リュドガにくんづけできるのはお前の姉だけだな」

「………そうですね」

フレイヤは額(ひたい)に手を当ててため息を吐いた。


カーフィーを啜り、一息入れたリュドガはヒュンケルに言う。

「そろそろ、妻のルナマリアを騎士に復帰させようと思う」

「お、そうか。いいんじゃねぇの？」

「ああ。役職はお前と同じオレつきの副官にしたいんだけど、いいか？」

「問題あるのか？　前と変わんないだろ」

「いや、やはりブランクがあるからな。お前には迷惑をかけるかもしれん」

「今更だな。ま、フレイヤもいるしなんとかなるだろ」

「……先輩。忘れていませんか？」

　ちょっと睨むような感じでフレイヤはヒュンケルに言う。

「軽く言うようですが……ルナマリア様は全ての女性の憧れです。アトワイト家のご令嬢にしてエストレイヤ家夫人、『水乱』と呼ばれる水魔法の使い手にしてビッグバロッグ王国歴代最強との呼び声も高い女性騎士……そのようなお方と机を並べる私の身にもなってください」

　ずいぶんと持ち上げたものだ。そう思ってリュドガとヒュンケルは顔を見合わせる。

　べた褒めだが、二人にとってルナマリアは幼馴染みにしてリュドガの妻という意識の方が強い。

「ま、ルナマリアだし大丈夫だろ。しばらくはオレんとこで書類仕事させて、慣れてきたらリュドガ、お前んとこに戻すわ。女性騎士候補生もかなり増えたし、ルナマリアが復帰して指導するとなれば士気も上がるだろうさ」

「そうだな。じゃあフライヤにフレイヤ、オレの妻をよろしく頼むよ」

「うふふ♪　ルナマリア様用のカップを準備しなきゃ♪」

「…………」

トレイを抱えニコニコのフライヤをよそに、フレイヤは憧れのルナマリアと働くことになり動揺で頭を抱えていた。

◇◇◇◇◇◇

「今日から復帰することになった。迷惑をかけると思うがよろしく頼む」

「は～い♪　よろしくお願いしま～す♪」

「……よろしくお願いします」

翌日。ルナマリアがヒュンケルの執務室に来た。明るいフライヤと緊張しまくりのフレイヤ。

さすがにフレイヤはヒュンケルに言わずにいられない。

「あの、先輩」

「ん？」

「『そろそろ』復帰させるって話でしたよね？　昨日話したばかりで今日からってどういうことですか⁉」

「いやいや、落ち着けよ。別にいいだろ」

「よくありません‼　こ、心の準備がまだ……」

「心の準備も何も、ルナマリアと初めて会うわけじゃねぇだろうが。今日から一緒に仕事するだけだ」

「そ、それが問題なんです……‼」

「お前、そんなビビるような奴じゃないだろ。じゃ、いろいろ頼むぞ」

「……先輩のバカ」

姉のフライヤは早速お茶の支度を始めていた。そして、数名の騎士が部屋にルナマリア用の執務机を運んできた。

騎士たちは、今日からルナマリアが復帰するのを聞かされていなかった様子だ。机を運んできた新人騎士に礼を言うルナマリアと、緊張でカチコチになって顔を赤らめる新人騎士たち。

フレイヤも覚悟を決める。

「フレイヤ、ルナマリアにいくつか仕事を割り振ってやれ。ああ、ルナマリアは字が汚いから長文は書かせるなよ」と、ヒュンケル。

「し、失礼なことを言うな‼　休んでいる間に字の練習はしたさ‼」

「はいはい。フライヤ、お茶くれ」

「は～い♪」

こうして、仕事が始まった。

ルナマリアの仕事は丁寧で、特に問題ない。

ヒュンケルが言うようにやや字は汚かったが、それでも特に指摘するようなところはなかったのだが……やはり、言わなければならないこともある。

「あ、あの、ルナマリア様」と、フレイヤ。

「ん、どうした？」

「その……ここの計算が間違っています」

「何っ⁉　そ、それはすまなかった」

「い、いえ」

誤字、そして計算の間違いが多い。

人間である以上、間違いはある。だが相手はアトワイト家令嬢にしてエストレイヤ家夫人のルナマリア。フレイヤのような弱小貴族などルナマリアの言葉一つで消え去ってもおかしくない。

そのような相手に誤字の指摘をするのは、やはり緊張した。

姉のフライヤは楽しそうに掃除している。今はその図太さが羨ましかった。

「なぁルナマリア、子供は大丈夫なのか？」

「ああ。メイド長のミルコさんに預けてきた。あの人に任せれば安心だ」

「あぁ、確かに……」

ヒュンケルがたまにルナマリアに話を振るのは、正直緊張がまぎれてありがたい。

速読、書類整理、文字書き、計算が大得意なフレイヤ。弱小とはいえ貴族の娘だ。エストレイヤ家とアトワイト家はもちろん知っていた。だが、雲の上の存在だと思っていた。

まさか、こうして机を並べて書類仕事をして、誤字脱字や計算間違いを指摘することになるとは……フレイヤは思っていなかった。

これから、この生活が続く……そう思うと、少しだけ胃が痛い。

「どうしたフレイヤ。腹でも痛いのか？」

「ルナマリア、男のオレが言うのもなんだが……デリカシーって言葉知ってるか？」

「………………」

早く慣れなければ。フレイヤはそう思い、運ばれてきたカーフィーを啜るのだった。

第十二章　雨とにゃんこ

今日の天気は雨。しかも久しぶりの大雨だ。

農作業は全て中断し、住人たちは家の中に避難する。仕事をしているのは鍛冶場(かじば)のドワーフたちくらいかな。

今日の薬院は俺——アシュト一人で、エンジュとフレキくんはお休みだ。

薬の在庫を確認。自分の研究も一段落させた俺はのんびりと読書する。

雨音が響き、ほんのりと肌寒い。

「こりゃ、明日も雨かな……後でエルミナに聞いてみるか」

窓の外を眺め、ポツリと呟く。

天気のことはハイエルフにお任せ。的中率は百発百中なのである。

雨が降って喜ぶのは畑の作物と植物たちだ。マンドレイクとアルラウネは外で大はしゃぎ、ウッドもベヨーテとフンババの元へ遊びに行き、土砂降りの中で鬼ごっこをして遊んでいた。

ライラちゃんも行きたがったが、シルメリアさんに止められたようだ。これればかりは仕方ない。

窓の外を眺めていると、ドアを開けてルミナが入ってきた。

「みゃう」

「ん……なんだ、寒いのか？」

「みゃあ」

ルミナが俺の腕に身体を擦りつけ始めたので、ソファに移動した。

移動するとさらに身体を擦りつけ、そのまま丸くなる。

「みゃう。なでろ」

「はいはい」

「ごろごろ……」

頭を撫で、黒いネコミミを揉み、顎（あご）をすりすりしてやる。

するとルミナの喉からゴロゴロ鳴き声が……ああ、気持ちいいみたいだ。

しばし、ルミナを撫でる。

尻尾がゆらゆらと揺れ、目がとろーんとしてきた……可愛いな。

「みゃ……」

「よしよし……寝ていいぞ」

それから間もなくして、ルミナは寝てしまった。

少し寒いようなので、毛布をかけてやる。

しばし頭を優しく撫でていると、ドアがノックされた。

「しつれーします。ご主人さま、カーフィーをお持ちしました!!」

「しーっ……ありがとうミュアちゃん」

「にゃう？　あ、ルミナ……寝てるの？」

「うん。撫でてたら寝ちゃった。カーフィー、静かに準備してくれる？」

「にゃあ。わかったー」

ミュアちゃんはスヤスヤ寝ているルミナをチラッと見て、俺の好きな熱いカーフィーを淹れる。

お茶請けはクッキー。少し甘めにしたクラベルのお手製だ。

カーフィーを淹れたミュアちゃんは、俺がお代わりするかもしれないのでしばらく部屋にいる。

「よし。ミュアちゃんもおいで」

「にゃ……？」

「ほら、こっちおいで」

俺が言うとミュアちゃんは、おずおずと俺の隣に座った。

「ミュアちゃん、撫でていい？」

「にゃあ……いいけど、お仕事ちゅう」

「ちょっとだけ、ね？」

「にゃう」

ルミナだけじゃ不公平だしね。

俺はミュアちゃんの頭を撫で、ネコミミを揉む。するとミュアちゃんはすぐに蕩けた。

ミュアちゃんを寝かせ、頭を撫でつつ顎も撫でる。

「ごろごろ……きもちいい」

「よしよし。気持ちよかったら寝ていいよ」

「にゃうー……」

うーん、可愛い。蕩けたミュアちゃんは、俺の太ももを枕にして寝てしまった。

「おお……」

右側に黒猫、左側に銀猫……ネコミミが二つだ。

ルミナのネコミミを揉み、続けてミュアちゃんのネコミミを揉む。触ると違いがよくわかる。

ルミナのネコミミは少し硬く、ミュアちゃんのはルミナより柔らかい。でも手触りはルミナの方が若干いい気がする。あくまで俺が触った感想だけどね。

するど、また部屋のドアがノックされた。

「アシュト、いるー？」

「ふふふ……どうも」

「ミュディに、アイオーン？　なんか珍しい組み合わせだな」

「ふふふふふ……我々は同士だべ。なぁミュディ」

「同士？」

「え、えーっと……」

いつの間にか、ミュディとアイオーンが仲よしだ……というか、同士ってなんだ？

首を傾げると、ミュディが二人のネコに気付く。

「あ、お昼寝中？」

「ああ。だから静かに頼む」

「ふむ。読書に誘おうと思ったのですが、また今度にした方がよさそうですね。というわけでミュディ、我々だけで『腐』の世界へ行くべ!!」

「ちょ、しーっ!!　しーっ!!」

「『ふ』の世界って？」

「あ、アシュトは気にしなくていいの!!　ほらアイオーン、行くよ!!」

「ではではまた」

二人は去っていった……何しに来たんだ？

それにしてもミュディ、アイオーンとあんなに仲よくなるとは。

俺は欠伸をしてにゃんこ二人の頭を撫でる。

「なんか、俺も眠くなってきた……」

俺も少し寝ようかな……


「…………っは!?」

気付かないうちに寝ていたみたいで、目を覚ますとすっかり暗くなっていた。

にゃんこ二人はまだ寝ているし、雨もザーザー降っている。

そろそろ起こそうと、ネコミミを揉みながら頭を撫でる。すると二人は同時に起きて可愛らしい欠伸をし、目をパチパチさせてまた欠伸、手の甲で顔を擦り、ようやく目を覚ました。

「みゃぁぅぅ～～……くぁぁ、よく寝た」

「にゃふぅぅ～～……おなか減ったぁ」

「二人とも、そろそろ夕飯だと思うぞ。顔を洗ってリビングに行こうか」

「にゃう!?　あ、シルメリア怒ってるかも!!」

「いや、大丈夫だと思う。仕事があるなら起こすと思うし……今日はお休みってことじゃないか？」

ミュアちゃんの頭を撫でると、気持ちよさそうに鳴いた。

ルミナは俺に身体を擦りつけると、ミュアちゃんを気にせずソファから下りる。

「おい。ご飯……食べに行くぞ」

「にゃう？」

「ご飯、行く」

「え、ルミナ、お前……ミュアちゃんに言ってるのか？」

「他に誰がいる。お前は別に食べるんだろ」

「「…………」」

なんと、ルミナがミュアちゃんを夕飯に誘っている。

いつもはさっさと行ってさっさと食べる不愛想なルミナだが、これはすごい進歩だ。

ミュアちゃんも驚いていたが、すぐに笑顔になった。

「にゃう。ルミナ、行こっ!!」

「ふん……」

黒猫と銀猫は、二人仲よく出ていった。

今日は昼寝しただけだな……でも、いいもの見れたし、別にいいか。

第十三章　ルミナの目指す夢

「動物の診察？」

「そうや。村長、ヒトばっかりじゃなくて動物もちゃんと診なあかんで」

ある日、ダークエルフの少女エンジュにそう言われた俺は、この村で飼っている動物たちを診察することにした。

確かにエンジュの言う通り、村の産業を支えているのは人、そして動物たちだ。動物だけじゃなくて魔獣もいるけど……よく考えたら、この村に薬師はいるけど獣医はいない。

龍騎士たちの乗るドラゴンを診察する龍医師はいるけど、厳密には獣医じゃない。

しいて言うならエンジュが獣医かな。魔獣の部位を使った治療薬を作れるし、動物の身体についていろいろ詳しい。

でもそう伝えたら、エンジュが言う。

「ウチ、動物の身体の構造には自信あるけど、治療や診察はサッパリやで。けど、この村にはキングシープやらクジャタやらおるし、ちゃーんと動物のための医療も覚えんと……って、ウチのばあちゃんが言ってた」

「ばあちゃんかよ……」

だけど、ごもっともです……受け売りでもその通りだと思う。

そっか。獣医か……普段、村にいる魔獣や動物の世話は村のみんなに任せっきりだ。

これを機にいろいろ調べるのも悪くない。図書館に行けば専門書もあるだろう。

「じゃ、薬院はウチに任せて村長は勉強やで!!」

「お前は勉強しないのかよ……」

「ウチは村長から教えてもらうー。今はフレキも里帰り中やし、抜け駆けしたくないねん」

「そうか。じゃあルミナを連れていくよ」

薬院のベッドの下を覗くと、ミュディの作ったニコニコアザラシのぬいぐるみを抱いて眠るルミナがいた。頭を撫でてネコミミを揉むと、ゆっくり目を開ける。

「みゃう……なんだ」

「図書館に行くぞ。一緒に勉強しよう」

「みゃうぅ……ねむいー」

「ん～……じゃあ仕方ない。俺一人で行くか」

「みゃあ、行く」

ルミナはニコニコアザラシのぬいぐるみから手を離し、ベッドの下からスルリと抜けて俺に身体を擦りつけた。

俺とルミナは手を繋ぎ、図書館へ向かった。


到着した図書館は利用者も増えており、館内は静かながらも活気を見せている。

早速、司書長のローレライを探して聞いてみた。

「動物の医学書？　ああ、確かあったわね」

「あるのか……ジーグベッグさん、多才にもほどがある」

最古のハイエルフの知識すげぇ。

そういや、前にジーグベッグさんの本棚を物色してたら『ハイエルフ流格闘術』とか『木の実レシピ集』とかあったし……時間があったからなんでも挑戦して本にしたらしいけどすごい。あの爺さん、格闘技もできるなんて。

ローレライに案内され、図書館の上層階へ。大量に収められている本棚の一角に、目的の本はあった。

「これね。動物の医学書と薬学書、そして魔獣図鑑も」

「おお。ありがとな、ローレライ」

「ええ。ところで、これを読むってことは……」

「ああ。ヒトだけじゃなくて、村の動物や魔獣の診察もできるようにならないと、と思って」

「へぇ……獣医になるのね」

「んー……そこまでは考えてないけど。俺は薬師だからな」

「ふふ。アシュトらしい」

ふと気付くとルミナが、動物の医学書と魔獣図鑑をじーっと見つめていた。

「獣医……」

ルミナがポツリとそんなことを言ったのを、俺は聞いた。


こうして図書館で借りた本を数冊カバンに入れ、俺とルミナはキングシープがいる牧場へ。

『メァ～』

『メァ～メァ～』

「相変わらずデカいな……ニコニコアザラシといい勝負だ」

バルギルドさんが躾(しつけ)をしたキングシープは、今日も元気に牧場内で鳴いている。

一軒家並みのサイズ、もっふもふの毛は刈っても数日で生え、その体毛は高級繊維になる。村の布製品に欠かせない羊に似た魔獣だ。

世話は村のみんなに任せっきり、病気や怪我もしたことがないから放っておいたけど……こいつらが病気になったら大変だよな。改めて獣医の必要性を感じる。

「よし、早速……まだちょっと怖いけどやるぞ」

「みゃう」

俺とルミナは柵を乗り越え、一匹のキングシープの元へ。

どうやら寝ているようだ。足を折りたたんで座っているから、白いもふもふの山があるようにしか見えない。

「えーっと、キングシープキングシープ……お、あった」

本を見ながら診察を始めようとすると、ルミナが言う。

「こいつ、メスだ。オスはもっとツノが大きいし、顔の一部分が白くなってる」

「……その通り」

ルミナ、いつの間にそんな知識を。

ルミナはキングシープのもふもふに抱きついて堪能している。俺ももふもふを堪能しているとキングシープが起きた。大きな欠伸をして立ち上がる。

『メァ〜メァ〜』

「お腹減ったのか？　あっちに干し草がある。行こう」と、ルミナ。

『メァ〜メァ〜』

「る、ルミナ？　キングシープの言葉がわかるのか？」

「なんとなく」

キングシープは、ルミナについていってしまう。

俺も慌てて後に続き、干し草をロール状にしたものが置いてある場所へ。

ルミナは軽々と干し草ロールを担いでほぐす。

「ほら、いっぱい食べろ」

『メァ～メァ～』

俺の出番がない。ルミナがすごく慣れているのに驚きだ。

「ルミナ、動物と仲よしだな」

「この子たちの背中でお昼寝してるからな。みんな友達だ」

「そっか。はは、俺より獣医に向いてそうだ」

「………………」

「ルミナ？」

「あたい、獣医やってもいい。ヒトよりこの子たちの方が素直だし……すき」

「え……」

「ヒトは嫌いじゃない。でも、まだちょっと苦手。たぶん、あたいの黒猫族の血が無意識に反応するんだと思う……黒猫族は一人で生きる種族だから」

「ルミナ……」

「あたい、獣医になりたい」

ルミナが、ここまで明確な意志を見せることがあっただろうか。

獣医になりたい。ルミナはそう言った。

今まで、薬院で薬の知識を身につけていた。その知識を元に、獣医として勉強したいと。

俺は無意識に、ルミナの頭を撫でていた。

「うん。それがお前のやりたいことなら応援する。いや……俺も一緒に勉強するよ。これから一緒に」

「みゃう……」

「よし!! まずは村の動物たちをしっかり観察してみるか」

俺とルミナは、緑龍の村に住む動物たちを見てまわることにした。


キングシープを診察した翌日。

ルミナは獣医になりたいとはっきり言った。自分のなりたいものを見つけたルミナ……うん、村の獣医か……

この村の獣医になったルミナを想像してみる。

家畜たちを診察し、もふもふに囲まれるルミナ……いい!!

というわけで、ルミナと一緒に村の家畜や動物、魔獣たちをさらに見てまわることにした。

ルミナの手には魔獣図鑑が大事に抱えられている。

「今日はどこに行く? 馬小屋、豚小屋、鶏(にわとり)小屋、ドラゴン、クジャタ……蚕(かいこ)は家畜に入るのかな……」

「センティのところにいく」と、ルミナ。

「センティ？」

「うん。あいつ、この村ができてからずっと住んでるんだろ。だったらちゃんと診てあげた方がいい」

「ルミナ……」

なんて優しいんだ。

確かに、センティはこの村に初期からいる。最初はただのよくわからん巨大ムカデって認識しか持ってなかったけど、今は村の運搬役として欠かせない存在となった。センティがいなければコメや魚は食べれないと言っても過言ではない。

身体を伸ばしたり、分裂したりと変わった特性の魔獣だが……あいつも病気になるんだろうか。

「この本、センティのことも載ってる」と、ルミナ。

「そうなのか？」

「ん。昨日の夜に読んだ」

ルミナがページをめくると、センティの絵が描いてあるページにたどり着く。

ジーグベッグさん、絵も上手だ……あの爺さんに関してはすごすぎてもう何も言えん。

ルミナの頭を撫でつつ、センティがよくいる場所である解体場へ向かった。

「お、いたいた」

「む……村長か」

解体場にはセンティ、魔犬族の男性三人衆、バルギルドさんとディアムドさんが率いるデーモンオーガ両家。それに、なぜかアイオーンがいた。

バルギルドさんがアダマンタイト製の巨大な鉈を担いで俺の元へ。

「どうした？」

「いえ、センティに用事がありまして」

「そうか……」

バルギルドさん、相変わらず静かで落ち着いた人だ。ガッチガチのムキムキボディにこれでもかと割れた腹筋が眩しい。

ディアムドさんはというと、凶悪な顔つきをした牛魔獣の頭を担いできた。

「村長か」

「どうもディアムドさん。センティに用事があって来ました」

アイオーンは眼鏡をクイッと上げてディアムドさんとバルギルドさんの背後に立っている。

「ふふふ……どうも村長」

バルギルドさんとディアムドさんはアイオーンの行動に顔を見合わせ、珍しく困惑していた。

「オレたちの仕事ぶりを見たいそうだ」

「……若い女が見て楽しいものではないと思うのだが」

「そんなことないべさ!!　鍛え抜かれた男の身体!!　仲睦まじい男と男!!　もう最高だべぇ……半裸の男が身体を見せつけてくるんだっぺさぁ……」

「「「………」」」

「みゃう、こいつ頭おかしいぞ」

俺、バルギルドさん、ディアムドさんは沈黙し、ルミナは冷静に言う。

アイオーン、本当にわけわからん。まぁ邪魔しなければ放っておいていいか。

そんなわけで俺とルミナはセンティの元へ。

『ありゃ。村長にルミナちゃんじゃないっすか』

そう言うセンティは、解体の過程で出た魔獣の内臓を貪っていた。

「よう……って、すまん。食事中か」

『いえいえ。どーぞどーぞ』

あの、センティ。肉片こっちに飛ばさないでくれる？

というか、口の周りが血と肉片で汚れてるのマジで怖いし気持ち悪いんですけど。

ルミナは、図鑑を手に言う。

「センティ。お前の身体を見せてほしい」

『へ？』

「あたい、獣医になりたい。この村の動物や魔獣の身体、診察する。どこか調子悪いところないか？」

『獣医……つまり、ワイの身体を診てくれるんでっか？』

「うん。怪我や病気をしたらあたいが治してあげる」

『……』

なんと、センティは泣きだした。

「お、おいセンティ？」

『くぅぅ～……こんな優しい子がいるなんて!!　ワイは猛烈に感動しとりますぅ!!』

「そ、そうか……そうだな、ルミナはいい子だな」

「みゃう」

ということで、早速診察開始。

『聞いてくださいよぉ～。実は最近、分裂させた身体に自分の頭を生やして、自由自在に身体を乗り換えることができるようになったんですよ!!』

「「……」」

反応に困る俺らをよそに、センティは自らの身体を分離させる。

そして、分離させた身体に頭を生やすと、本体の頭はニュッと引っ込んだ。

本体がピクリとも動かなくなり、分離した方から声が。

『どうです？　これなら、分離体をあちこちに置いておけば、好きな場所でワイになれるってわけや!!　まぁまだ距離の関係で村の中でしかできへんけど……いずれ克服してみせまっせ!!』

「「……」」

俺とルミナは言葉が出なかった。

……こいつ、怪我とか病気になっても、いつでも復活するんじゃねーか？

悪い部分だけ捨てて、いい部分に頭を生やせば、そっちをセンティ本体にできるってことだろ？

「みゃう……いきなり自信なくなりそう」と、しょんぼりするルミナ。

「待て。こいつが変なだけだ。気にすんな」

『ちょ、なんかワイ悪いことしました⁉』

センティ……こいつ、マジで村一番の得体が知れない生物な気がする。

俺とルミナは、センティに身体の仕組みのことをできるだけ質問した。ルミナはメモを取り、魔獣図鑑を読みながら質問する。

センティは自分の身体のことなのに、図鑑に載ってる情報さえ知らない……新事実に驚いていた。

『ファッ⁉　ワイの身体、食材になるんですか⁉』

「みゃう。図鑑に書いてある。キングセンチピードの剥き身は美味だって」

「ほう……」

「ふむ……」

それを聞いていたバルギルドさんにディアムドさんは、なぜか興味を持っている。

『あ、あの～……なんかお二方の視線が怖いんですけど』

ディアムドさんが鉈を肩に担ぐ。

「お前。これだけ長いなら少しくらいいいだろう？」

「まだまだ伸びるようだしな……ディアムド、今夜の酒のツマミは決まりだな」

『ひぃぃぃぃーっ!! なんか嫌ですぅーっ!!』

センティは逃走した……もちろん、デーモンオーガ二人の言葉は冗談。

「「……残念」」

じょ、冗談だよね……？


次にルミナが診ることにしたのは、雷獣クジャタ。

クジャタはバルギルドさんが捕まえた巨大な牛……の魔獣だ。

全身が紫色で黒い斑模様があり、大きなツノが生えているのが特徴だ。四本の足は丸太よりも太く大きく、巨大な蹄は岩どころか鉄板ですら踏み砕く。

最大の特徴は、全身が帯電していることだ。

体内に電気袋があり、そこに電気を溜め込んでツノから放出することができるらしい。機嫌が悪いとバチバチ放電し、機嫌がいいとバチバチ放電する……いやいや、放電しっぱなしじゃん。

餌は生肉、木の実や果実も好き……まぁ雑食だ。

見た目の通り、オーベルシュタイン領土でも上位の強さの魔獣だ。強靭(きょうじん)な皮膚(ひふ)、強烈な電撃、強固なツノ……野生のクジャタに出会ったら最後、逃げるしかない。

「と、こんな感じか。魔獣図鑑、詳しく書いてあるな」

「みゃあ。すごい」

俺とルミナは、クジャタのいる牛舎(ぎゅうしゃ)近くのベンチに座って図鑑を読んでいた。

バルギルドさんが捕まえて村に来たクジャタは全部で十頭。躾をしてあるから人には襲いかからないというけど……放電はするから迂闊(うかつ)に近寄れないんだよな。

すると、ディアムドさんが肉塊(にくかい)を担いで通りかかった。

「あ、ディアムドさん」

「……む」

「ああ、クジャタの餌ですか」

「……そうだ。放電するからな、頑丈なオレたちデーモンオーガ以外近付けん」

「苦労をかけます」

「いや。飼ってみるとなかなか可愛い奴らだ」

クジャタの世話は、デーモンオーガ一家の仕事だ。

狩りを終え、狩った魔獣の肉を解体してクジャタに届けている。

「みゃう。一緒にいく」

ルミナがディアムドさんに言う。

「……構わんが。触れると感電するぞ」

「じゃあ見てる」

というわけで、俺とルミナとディアムドさんで牛舎へ……っておい。

「あの、牛舎から煙出てますけど……」

「ああ。おそらく放電して寝床用の藁（わら）が燃えているのだろうな」

「ちょ!?　それヤバいんじゃ」

「問題ない。あいつらの皮膚は強靭だ。全身が炎に包まれてもケロッとしている」

「そ、そういうもんですか？」

「ああ。それに牛舎はドワーフが作った耐火煉瓦（れんが）製。しかもこの程度のボヤは毎日起きている」

「と、とんでもないですね……」

「みゃう……」

黒い煙がモクモクと立ち上る牛舎へ行くと、案の定火事になっていた。

牛舎の一角から轟々（ごうごう）と火の手が上がっている。そして火の中では、クジャタがモーモー鳴いている。

「やばい!!　ディアムドさん、あいつら苦しんで……」

「いや、餌を欲しがっているんだろう」

ディアムドさんは煙なんてものともせず牛舎へ。すると十頭のクジャタが一斉に鳴き始めた。

どうもディアムドさんの持ってる巨大な肉塊が目当てのようだ……

轟々と火の手が上がる中、クジャタは燃えていることなんてどうでもいいのか、ディアムドさんに向かって顔を突き出す。

「待て、今くれてやるから落ち着け」

『モォォォーン!!』

「「………」」

牛舎だけでなくクジャタたちも燃えている。唖然とするルミナと俺。

ディアムドさんは肉を千切り、燃えているクジャタの口元へ。するとクジャタは美味しそうにガフガフと肉を咀嚼し、喜びながら放電した。

ディアムドさんは電撃の直撃を受けたにもかかわらず、微笑を浮かべクジャタを撫でる……あの、のどかな空気出してますがマジで大火事なんですけど。クジャタめっちゃ燃えてますし。

「……あたい、獣医やる自信なくなってきた」

「いや、ディアムドさんがすごいだけだ」

火事が収まり確認したが……クジャタは当然のように無傷だった。

さて、ディアムドさんが餌やりを終えた後、ルミナがクジャタについて質問する。

「ふむ。クジャタの診察か……怪我や病気をしたところは見たことがないが」

確かに、火炙りになってたクジャタは平然と寝てる……この図太さはとんでもない。

「みゃう。それでも何かあったら大変!!」

「……そうだな」

俺はディアムドさんに、ルミナが獣医を目指していて、そのために村の魔獣や動物について勉強していることを伝える。

ディアムドさんは「そういえば」と言った。

「そういえば、一匹妊娠している」

「「え」」

「見ろ。あそこの奥だ……腹と乳が張っているだろう」

「……確かに」

なんとなく俺には妊娠しているのがわかったが、ルミナは首を傾げていた。

「バルギルドが捕まえた中に、妊娠していた奴がいた。捕まえた当初は特に目立った様子はなかったが……最近、食が細く動きも鈍い。腹に触ろうとしたら本気で暴れだした。さすがにあの時は肝を冷やした」

「なるほど……」

確かに、そのクジャタは横たわっており息が荒い。

水をガブガブ飲んでじっとしている。もしかしたら出産が近いのかもしれない。

ルミナは魔獣図鑑を抱きしめた。

「みゃう。赤ちゃん生まれるのか？」

「うん……どうしよう」

「ネマとアーモには伝えてある。いざという時は出産の補助をする」

ちなみに、ネマさんはディアムドさんの、アーモさんはバルギルドさんの奥さん。

「あたいも手伝いたい」と、ルミナがディアムドさんに言った。

「……危険だ。デーモンオーガならともかく、子供のお前が電撃を浴びればただでは済まない」

「でも、あたい……あの子のために何かしたい」

「ルミナ……」

ルミナのネコミミが萎れてしまった。なんとかしてあげたいけど……

「こういう時は、本を開くの♪」

「本？」

「ええ♪」

「本？　って、シエラ様……」

「はぁい♪」

……またしても突如シエラ様が現れ、ルミナの頭を撫でた。

久しぶりだがもう驚かないぞ。ディアムドさんはちょっと驚いてるみたいだけど。

「アシュトくん。この可愛い黒猫ちゃんのためにできること、きっとあるよ♪」

「え」

「さ、本を開いて」

言われるがまま、俺は『緑龍の知識書（ムルシエラゴ・グリモワール）』を開く。

頼む。ルミナを助けられる力を貸してくれ。


****

「植物魔術・特殊」
○ゴムゴムの樹（き）
柔らかくてゴームゴームな樹♪

この子の樹液を服に染み込ませるとあら不思議。電気を弾いちゃいます♪

電気を使う魔獣対策にいいかもね♪


****

出た……なんか用途が限定的な植物だな。

ゴムゴムって、つまりゴムか？　ビッグバロッグ王国にもゴムはあるけど希少な素材だ。希少なのに使い道があまりない素材として有名だけど。

「電気を、弾く……」

服に染み込ませると電気を弾く。つまり、俺たちでもクジャタに近付けるってことか。

「シエラ様、これ……って、いないし」

ルミナは俺の袖をくいくい引っ張る。

「おい、どういうことだ。なんとかできるのか」

「あ、ああ。たぶん」

早速実験することにした。

俺は杖と本を構え、ルミナとディアムドさんが見守る中、本を見て唱える。

「ゴムゴム。ゴムゴム。ゴムゴムの樹。伸びろ伸びろ『ゴムゴムの樹』!!」

なんだこの呪文……すると、緑龍の杖の先っぽから小さな種が落ち、地面に吸収されてスクスク成長……あっという間に一本の大樹に。

「みゃおぉー!!」

「ほう……立派な樹だな」

驚くルミナとディアムドさんを横目に、俺はゴムゴムの樹の幹へ。

採取用のナイフを取り出し、木の幹をスパッと切る。すると、とろーっとした乳白色の液が出てきた。しかもけっこうな勢いで。

「やばっ、ディアムドさん、桶を!!」

「うむ」

桶で乳白色の樹液を受け止める。そして、桶いっぱいに溜まると樹液はピタッと止まった。

まるで樹に意思があり、桶に溜まったのを見ていたかのようだ。

「これを服に染み込ませると大丈夫なはず……」

とはいえ、今着ている服を使うわけにはいかない。

なので、牛舎にあったマントを桶に入れて樹液に浸し、取り出して乾かした。

見た目は変わっていない。樹液に浸したのにべたつきもないし、匂いもない。

後は実験だけど。

「貸せ。オレが試す」

ですよねー……ディアムドさん。

ディアムドさんはマントを羽織り、クジャタのいる牛舎の中へ。

寝ている一匹を撫でて起こし、軽く頭をコンコン叩く。

『モォオォー!!』

寝起きで機嫌が悪いのか、クジャタは思いっきり放電した。

電撃はディアムドさんを直撃。そして、俺とルミナは見た。

「……今、電気が逸れたよな」

「みゃう。見た……電気、すべった」

電撃が、マントの上をつるーっと滑ったように見えた。

ディアムドさんは何事もなかったかのように戻ってくる。

「驚いたな……電気を弾いたぞ」

「つまりこの服、クジャタの電気を通さないってことですか？」

「ああ。間違いないだろう」

「みゃう。これをあたいが着れば……」

「うむ。手伝いはできるだろう」

「みゃう!!　やったぁ!!」

そんなわけで、ルミナはクジャタが出産する時に手伝うことになった。

今すぐじゃないが、出産までもう少し……診察とは違うけど、ルミナにとっていい経験になりそうだ。


その後もルミナは、ハイエルフたちが連れてきた家畜の馬や牛、卵を産む鶏、そして糸を吐く蚕に至るまで、図鑑を片手にメモを取りながら動物たちと触れ合っていた。

獣人は動物に好かれるって聞いたことがあるけど、確かにルミナは動物にかなり好かれている。

馬や牛や鶏なんて、ルミナに擦り寄ってきたくらいだからな。

クジャタの方はまだ出産する気配はない。お腹は大きくなりさらに食も細くなっている……心配だが、見守るほかない。お母さんクジャタは運搬の仕事から外し、牛舎で休ませていた。

おそらく、出産が近いのだろう。

そんなある日、ミュディに頼んでいたものが完成し、ルミナと一緒に製糸場へやってきた。

自信満々のミュディが差し出したのは、ゴムゴムの樹の樹液に浸した布で作った、ルミナ専用の服だ。

早速服を着るルミナ。

手足をすっぽり覆う一体型で、フードを被(かぶ)れば顔しか露出していない。顔には専用のマスクを装着させる……すると、可愛らしい姿のルミナが完成した。

「みゃう。いい」

「可愛い～♪」

「すごいな。尻尾やネコミミ部分も工夫されてる」

服は、ネコミミと尻尾が通せるように加工されていた。

これなら、ネコミミと尻尾が窮屈になる心配がない。

するとミュディは、同じようなものをもう一着出した……サイズがでかい。まさか。

「もちろん、アシュトの分もあるよ。出産の時に使ってね」

「お、俺の分も？　いや、俺は見てるだけで」

「見てるだけでも必要でしょ？　近くで見るならなおさらだよ」

いや、俺は小屋の外で待つつもりで……なんか一緒に手伝うことになってるんだけど。

ルミナは俺をじーっと見てるし……なんか拒否できないっぽい。

「わ、わかった……もらっておくよ」

「うん!!　アシュト、頑張ってね!!」

ミュディの笑顔が眩しいです……


さて、出産に立ち会う準備は整ったが、そうタイミングよく生まれはしない。

なので、次にルミナと一緒に向かったのはドラゴンの厩舎だ。

ここは龍騎士たちのドラゴンがいる場所で、ドラゴンロード王国の龍医師が常駐し、サラマンダー族が交代で厩舎を掃除したり世話をしたりしている。

「お疲れ様です!!　アシュトの叔父貴（オジキ）！」

「お疲れ様です。えーっと、ゼグナム」

「うっす!!」と、ドラゴン厩舎担当のサラマンダー族ゼグナム。

「おお村長。んで、そっちがルミナか。ドラゴンに興味あるそうじゃねぇか」

「みゃう。ドラゴンだけじゃない。あたいは獣医になりたいんだ」

「ほぉ……ちっこいのにいい目をしてるじゃねぇか」

そう言ったのはドラゴンロード王国の龍医師ドナルドだ。獣医とはまた違うけど、ドラゴンの体調管理や診察を一手に引き受ける専門家。

ドナルドはルミナを見て嬉しそうに笑う。

「若い連中は龍騎士に憧れて騎士団に入っちまう。龍医師になりてぇ若い奴は少なくてな……嬢ちゃんみたいな若いのに興味持ってもらえるのは嬉しいねぇ」

「みゃう。だからいろいろ教えて」

「ははは!!　わかったわかった」

ドナルドは嬉しそうに笑い、ルミナの頭を撫でようとして逃げられた。

ゼグナムは俺に言う。

「ドナルドのおやっさん……あんなに嬉しそうに笑うの初めてでさぁ」

「よっぽど嬉しかったんだな……」

「ええ。いつも愚痴ってますからねぇ。『龍騎士はドラゴンがいてなんぼの世界、ドラゴンは強いが無敵じゃねぇ。腹は下すし風邪もひく。そんな時に頼れるのが龍医師なのに、誰もなりたがらねぇ……』って」

「なるほどな」

俺も薬師だし、怪我人や病人を相手にしているから気持ちはわかる。

だからといって、俺がドラゴン相手の医術を手伝うのはちょっと違う。

俺はいくら手が足りなくても、龍医師のドナルドに人間の診察を任せようとは思わない。専門的なことは専門医に任せるべきだからな。

それがわかっているから、ドナルドも俺に『手を貸せ』とは言わない。

互いにわかっているんだ、分野が違うことに素人は手を出すなって。

だから俺じゃなく、知識を学びに来たルミナをドナルドは歓迎している。その証拠に、ドナルドはもう俺を見ていない。

ま、俺は付き添いみたいなものだし、ドラゴン厩舎を見学させてもらいますかね。

ドナルドは、厩舎の奥にいたドラゴンの元へ案内してくれた。

「いいか、ドラゴンは頑強なイメージがある。でも実際はそうじゃない。風邪もひくし腹も下す……こいつは爪の先に菌が入っちまって治療している最中だ」

病気のドラゴンは爪の先がボロボロになり、どこか寂しげにしている。

ルミナが近付くと、弱々しく鳴いた。

「みゃう。この子、空を飛びたいって言ってる」

「ああ。オレにもそう聞こえる……でも、まずは病気を治さにゃあいかん。菌に侵された爪を切り取って、その先に薬を塗るんだ。やってみろ」

ドナルドはノコギリを手にしてドラゴンの傍らへ。菌に侵された爪をギーコギーコと切っていく。

ルミナは数種類の薬草を混ぜ合わせた薬の入ったすり鉢とハケをゼグナムから渡される。

俺はなんとなく言った。

「それにしても、まったく抵抗しないんですね……」

「ドラゴンは頭がいい。爪が病気っちゅうことも、オレが治療のために切ってることもよーくわかってるのさ。悪いな……すぐに飛べるようにしてやるからな」

『クゥオオオオ……』

「みゃあ……」

爪を切り落とした後、ルミナが爪先に薬を塗る。

俺は、切り落とした爪を布で包みながら拾った。

「菌か……」

「ああ。人間に感染しねえがドラゴンや亜人には感染する。ゼグナム、治療終わったら手ぇ洗えよ」と、ドナルド。

「ウッス!!」

「ちなみに、ドラゴンの爪は油分が多い。着火剤になるからドワーフの連中に渡すつもりだ」

「菌は大丈夫なんですか？」

「ああ。火で炙れば問題ねぇ」と、ドナルドは俺の問いに答えた。

着火剤……勉強になるな。俺は爪を全て集め、布で包んでおいた。

薬を塗り終えたルミナは、ドラゴンの頭を撫でていた。

「みゃう。きっとよくなるから安心しろ。あたい、いっぱい勉強して治してやるから」

『クルルル……』

「はは、気に入られたようじゃねぇか」と、ドナルド。

「みゃ？　そうなのか？」

「ああ。よーし、他のドラゴンにも会わせてやる。オレの知識を叩き込んでやるから覚悟しろよ？」

「うん。でもあたい、獣医になるのが夢。龍医師じゃない」

「ははは っ!!　そうかいそうかい!!」

ドナルドは笑った。ルミナは本当に素直だな。

この日、俺とルミナは日が暮れるまでドラゴン厩舎のお手伝いをしたのだった。

クジャタの出産を待ちつつ、ルミナは毎日勉強をしている。

図書館で動物や魔獣系の本を読み、わからないことはメモしたり、ドラゴン厩舎に出向いてドナルドからいろいろ教わったりしている。しかも、エンジュにも魔獣のことを質問していたと、毎日勉強するのはいいんだけど……少しは気を抜いて子供らしく遊んでほしい。

現在、ルミナは薬院で本を読んでいる。

「よし。ルミナ、今日は俺と一緒に来てくれ」

「みゃう？　なんか用か」

「ああ。まだ調べていない、診察していない動物がいるだろ？」

「？？？」

ルミナは首を傾げた。俺はルミナの頭を撫で、ネコミミを揉んでやる。

「毎日勉強して偉いぞ。でも、少しは頭を休めないとな」

「別に平気だ。あたいは」

「いいから、ほら」

「みゃぁう⁉」

ルミナを抱っこすると、尻尾がぴーんと立った。

そして、ルミナを抱っこしたまま部屋を出ると、ミュディがいた。

「アシュト、お弁当できたよ」

「うん、じゃあ行くか」

「ど、どこに行くんだ!!」

「外だよ。今日は外で読書しよう」

俺の手にはルミナが読んでいた本と俺の読みかけの本、そしてミュディが読んでいる本がある。

今日は外で読書だ。そして、まだルミナが診察していない動物の元へ行く。

「よし、天気もいいし行くか」

「みゃう……」

外はいい天気……読書日和(びより)だ。


というわけでやってきました、村のユグドラシルの木。

『きゃんきゃんっ!!』

「あはは、こんにちはシロ。今日も元気だね」

『くぅぅん』

ユグドラシルを守るフェンリルのシロが、ミュディの周囲をグルグル回って甘える。

ミュディに甘えた後は俺に甘え、俺が抱っこしているルミナをじーっと見ていた。

「……そういえば、こいつがいたな」

「フェンリル……個体数がどれくらいいるのか知らないけど、珍しい種の動物なのは間違いないよね。この子も診察が必要かな?」

「みゃう。身近すぎて考えたこともなかった。こいつ、白い犬にしかみえないし」

「ま、まぁ確かに……とりあえず、せっかくだしシロも診たらどうだ？」

ルミナは俺から降りると、シロの元へ。そしてわしわしと頭を撫でる。

毎日温室の手入れでシロに会ってるからな……最初はシロに追いかけられたり、飛びつかれたりしたけど、今はとっても仲よしだ。

「ほら、口あけろ……前足、後ろ足、爪みせて」

『きゃぅぅ』

「ん、大丈夫。どこか痛いところあるか？」

ルミナはしゃがみ、シロを撫でまわしている。

俺はユグドラシルの下にシートを敷き、ミュディは持参した座布団を敷いたり、ポットに入れたお茶やバスケットに入れてきたお菓子を出したりと準備する。

今日はここでのんびり読書する。ルミナは家に閉じこもっての勉強が多かったが、ここならシロの診察と読書もできるし、いい気分転換になるだろう。

「ミュディ、いいアイデアをありがとな」

「うぅん、わたしもいい気分転換になるし……実は最近デザインのアイデアがなかなか浮かばなくて」

「そうなのか？」

「うん。アラクネー族のみんなが質のいい糸を出してくれるんだけど……それに合うデザインや刺繍ができてないんじゃないかなーって考えるようになっちゃって」

「おいおい。質のいい糸とか関係ないだろ？　ミュディはミュディのままでデザインすればいいんだって」

「……そうだけどね」

ミュディ、ちょっとスランプみたいだ。

とはいえ、こういうのは自分で乗り越えなくてはならない……俺にできるのは、ゆっくり休んでもらうことだけだ。

「ミュディ。今日は仕事のこと忘れてのんびりしよう」

「うん。そうするね」

「みゃう。本よこせ。あとお茶」

「はいはい。ほらルミナ。あ、シロの分もあるからな」

『きゃうん‼』

こうしてユグドラシルの下に座り、俺たちはのんびり読書を始めた。

「くぁぁ……みゃう」

お茶を飲み、ミュディの作ったマフィンを食べて数時間。

シロは昼寝。俺とミュディは無言でページをめくり、ルミナは大きな欠伸をしてウトウトしていた。お菓子とお茶でお腹が膨れたのに加え、この陽気じゃ眠くなるよな。

「ルミナ、眠いなら昼寝したらどうだ？」

「みゃぁ……じゃあすこしだけ」

ルミナは俺の太ももを枕にして丸くなると、すぐに寝息を立て始める。

ネコミミがピクッと動き、尻尾がゆらりと揺れてすぐに落ちた。

「可愛い……いいなぁ」

「触っていいのは俺だけみたいだ。エルミナとか無理矢理触るけど、いっつも引っかかれてるしな」

「アシュトだけなんだ……」

「ああ。飼い主……とは違うと思うけど」

俺はルミナの頭を撫で、ネコミミに触れる。

柔らかく、ちょっぴり硬い。触るとルミナが気持ちよさそうに蕩ける。

「にゃうーっ!!　ご主人さまーっ!!」

「ん……あれ、ミュアちゃん？」

ミュアちゃんがやってきた。どうしたんだ？

「お昼ごはん!!　そろそろお昼って伝えてきなさいってシルメリアが……あ、ルミナ寝てるー」

「しーっ」

ルミナがすやすや寝ているのを見てちょっぴり嫉妬したのか、ミュアちゃんが俺の隣に来て身体を擦りつける……最近、ルミナのマネをするようになったんだよな。

「アシュト、好かれてるねぇ」と、ミュディ。

「はは……」

「にゃぁん。ルミナばっかりじゃなくて、わたしも撫でてー」

「はいはい」

「にゃううう……」

結局、ミュアちゃんも寝てしまい、お昼はシルメリアさんがサンドイッチを持ってきてくれた。

たまにはこんなランチもいい。そう思った。


その日の夜。

「みゃう。起きろ」

「ん～……」

「おい、起きろ」

「んん～？」

身体を揺すられてベッドから起きると……ルミナがいた。

昼間はあんなに眠そうだったのに、今はしっかり起きている。

俺は大きく欠伸をした。

「どうした……って、まだ夜……深夜か？」

「着替えろ。はやく」

「なんだよ……？」

「生まれる」

ルミナは、ゴムゴムの樹液に浸した俺のローブを投げてよこす。

「クジャタの赤ちゃん、生まれそうだ」

ルミナは、見たことがないくらい真剣な表情だった。

俺はルミナと一緒に牛舎へ向かう。

こんなにも真っ暗な時間帯に外へ出るのは久しぶりだ。外灯の明かりが村をぼんやりと照らし、見慣れた緑龍の村なのに違う風景に見える。

夜間警備の龍騎士たちとすれ違う……こんな時間にも仕事してるんだな。今更だが、夜行性の魔獣もいるから厳重な警備が必要だ。今度ちゃんとねぎらおう。

牛舎が見えると、すぐにおかしいことに気が付いた。

「うわ……光ってる」

「みゃう」

牛舎が発光している……あれは雷光だ。

正確には、妊娠したクジャタが苦しんで放電しているのだ。呻き声のようなのも聞こえる。

牛舎前には、アーモさんとネマさん、そしてノーマちゃんがいた。あと龍騎士も数名。

俺は全員にねぎらいの言葉をかけた。

「お疲れ様です」

「あ、村長!!」

「アーモさんとネマさんはともかく、なんでノーマちゃんが？」

答えはアーモさんが言う。

「この子も手伝わせようと思ってね。魔獣だろうと出産は出産、男よりも女の方がいいでしょ？」

「なるほど。じゃあバルギルドさんたちは……」

「家にいる。今頃、ディアムドと飲んでるんじゃない？　キリンジにはシンハとエイラの面倒をみてもらっているから。ね、ネマ」

「ええ。ノーマ、頼むわよ」

「うん!!　お母さんもネマさんもあたしに任せてよ!!」と、自分の胸をドンと叩くノーマちゃん。

わかっていたけど、言わずにはいられなかった。

「あの、三人とも……その格好で行くんですか？」

「「「？」」」

だって、三人とも服は腰布と胸に巻いたサラシだけだぞ……俺やルミナなんて、上下しっかりゴムゴムの樹の樹液を浸した服を着て、マスクまでして肌の露出を少なくしてるのに。

「別に平気だよ。あたしだってもう大人だしね。前に電撃受けてみたけど、ピリッとするくらいだったし」と、ノーマちゃん。

「ぴ、ピリッとね……」

「大丈夫。この子はもう大人だから。心配しないでいいわよ」

「そうそう!! お母さんの言う通りっ」

どうやら、心配ないみたいだけど……気になる。

すると、ルミナが俺の袖をクイクイ引っ張る。

「みゃう。クジャタ……」

「ああ、そうだな。じゃあ、みんなで様子を見に行きましょう」

龍騎士たちに牛舎の見張りを任せ、俺たちは中へ踏み込んだ。

妊婦クジャタは、牛舎の奥で放電しながら呻いていた。

呻き声がとても辛そうに聞こえる……出産が近い。

他のクジャタは意外にも大人しくスヤスヤ寝ている。もっと興奮するのかと思ったが好都合だ。

俺たちは妊婦クジャタの傍らへ。

『ンモァァッ!!』

「うおぉぉぉっ⁉」

めっちゃ放電した。電撃が飛び、アーモさんとネマさんを直撃する。

「あらら……警戒してるわね」

「赤ちゃんを守ろうとしてるのかも。魔獣とはいえ、助けたくなっちゃうわね」

「いやいやいや‼　あの、大丈夫ですか⁉」

二人は何事もなかったように穏やかだ。

ノーマちゃんは俺の肩をポンポン叩く。

「それより、どうするの？」

「えーっと……クジャタの出産のこと、本には何も書かれてないんだよな」

さすがのジーグベッグさんも、魔獣の出産に立ち会ったことはないようだ。

「みゃあ‼　みて、足でてる‼」

ルミナが叫ぶ。

本当だ……妊婦クジャタのお尻から赤ちゃんの小さな足が出ていた。

やばい、どうすればいいんだ。近付くと放電するし、電撃避けの服を着ててもやっぱり怖い。

リュドガ兄さんの雷魔法を間近で見るようなもんだ。昔、ビッグバロッグ王国の演武で兄さんの魔法を見たけど、たった一撃で巨大な岩石を砕いたのを思い出した。

兄さんのよりは弱いと思うけど、それでもこのクジャタの電撃は……

「みゃう。ひっぱる!!」

「る、ルミナ!?」

「あのままだと子牛、息ができない!!」

ルミナは妊婦クジャタの元へ。

『モァァァァーーーッ!!』

「大丈夫。あたいが手伝うから!!」

クジャタは放電。

「……うっそ」

「わぉ……」

アーモさんとネマさんが驚愕した。

なんとルミナは超至近距離の電撃を躱したのだ。黒猫族は隠密（おんみつ）に長（た）け、素早く軽い身のこなしと動体視力に優れていると聞いていたが、まさか電撃を躱すとは。

アーモさんとネマさん、ノーマちゃんもクジャタの元へ。この三人は電撃を受けながら普通に近付いていく。

「よ、よーし!!　お、俺も!!」

『ンモァァァッ!!』

「うぉぉおっ!?　こえぇぇぇっ!?」

バチバチ放電するクジャタにビビッてしまった。

蹲る俺に電撃が直撃するが、ゴムゴムの樹の樹液の服を着ているおかげで平気……でも怖いものは怖い。

「みゃう。赤ちゃんクジャタの足掴んで、ゆっくりひっぱるの。あんたとあんたはお母さんクジャタを押さえて、あんたはあたいと一緒にゆっくりひっぱる!!」

「任せて……ふふ、すごいネコちゃんね」

「うん。アーモ、そっちを押さえてね」

ルミナの指示でアーモさんとネマさんがクジャタを押さえ、ノーマちゃんとルミナが子牛の足を掴む。

「いいか、ゆっくりだぞ」

「うん。ゆっくり、ゆっくり……」

ずるずる、ずりゅりゅ……っ。

水っぽい音、放電、クジャタの叫びが牛舎に響く。

もう、俺にできることはない。ここは女の戦場……俺は傍観者だった。

「頑張れ……!!」

俺はそう呟く。そして……クジャタの赤ん坊は、透明な膜に包まれた状態で生まれた。

アーモさんとネマさんがクジャタを押さえていた手を離すと、クジャタは赤ん坊クジャタを包んでいる膜を口で破る。そして、赤ん坊クジャタはプルプルと身じろぎした。

『きゅぁ、きゅぅぅあぁ』

なんとも可愛らしい、甲高い鳴き声だ。

俺たちはクジャタの母子から離れ、様子を見守る。

「おぉ……立ったぞ」

赤ん坊クジャタは立ち上がり、母親に甘え始めた。

よく見ると、パチパチと電気が走っている。まだ電撃というほどではないが。

「みゃう……赤ちゃん、可愛い」

「ああ。お疲れ様、ルミナ。お前すごかったな」

「ふん。お前は何もしなかったけどな」

「あはは‼ でもほんとすごかったねぇ、驚いたよ‼」

「みゃうっ⁉ さ、さわるな‼」

ノーマちゃんがルミナの頭を撫でる。

アーモさんとネマさんも笑い、俺も釣られて笑った。

お母さんクジャタは出産疲れで、赤ん坊クジャタにお乳をあげながら寝てしまった。


もう安心だと思い、俺たちも外へ出ると……すでに朝になっていた。

「けっこう時間経ってたな……なんかお腹減ったよ」

「あたし、お風呂入りたーい」

「そうね……けっこう汚れたし、行きましょうか」

「アーモ、ノーマ、その前に男たちのところに行かないと。きっと寝ずに待っていると思うわ」

こうして、村に新しい命が生まれた。まだ未熟だけど、ルミナは獣医への道を歩きだした。

俺はルミナの頭を撫でる。

「みゃう？」

「ルミナ。俺たちも風呂入るか」

「そうする……つかれた」

風呂入ったら、美味しい朝ごはんを食べるかな。

◇◇◇◇◇◇

こうして数日が経った。クジャタの出産はルミナを変えた。いや……成長させた。

出産後、ルミナは毎日クジャタの元へ向かい、赤ちゃんクジャタの様子を見たり、魔獣図鑑を読んだりしながら診察の真似事をしている。

赤ちゃんクジャタもルミナに懐いている。

ルミナが来ると可愛らしくモーモー鳴き、母クジャタもルミナを認めたのか暴れはしない。電気を発することもなくなっていた。

他のクジャタも、ルミナを見ると大人しくなる……と、バルギルドさんが言う。クジャタがこの村に来て初めてのことで、バルギルドさんも驚いていた。

ルミナは薬院での手伝いの後、図書館で勉強することが多くなった。

今では魔獣図鑑を手放すことがないほどで、獣医になろうというルミナの決意が窺える。

夢を見つけたのはいいことだけど、親離れされたみたいでほんの少しだけ寂しい気持ちになるな。

「みゃう。図書館いく」

「お？　なんだ、俺もか？」

「ん、いくぞ」

でも相変わらず、俺の袖を引っ張りネコミミをピコピコ動かす可愛い姿も見せている。

読めない字がある時や、動物用の薬を調合する際に質問とかするのに、俺が必要なようだ。

俺はルミナの頭を撫でる。

「よしよし。じゃあ一緒に行くか」

「みゃあ」

俺に教えられることなら喜んで教えるともさ。

夜。俺は部屋に遊びに来たミュアちゃんを撫でていた。

「にゃう。ご主人様さまー」

「よしよし」

「ごろごろ……」

他にはマンドレイクとアルラウネ、ライラちゃん、そしてなぜかアイオーンもいる。

「アシュト村長は幼女もイケるんですね」

「おい、どういう意味だ」

「ふひひ……」

アイオーン、相変わらずわけわからん。

ミュディとは仲よしで、よくお互いの部屋を行き来しているみたいだけど。

薄い本をたくさん抱えて出入りしてるとシルメリアさんが言ってた。

なんだそれ？　ミュディに限って怪しいことはしていないと思うけど……

「お兄ちゃん。その……」と、モジモジ言うライラちゃん。

「おっと。おいでライラちゃん」

「くぅぅん……」

ライラちゃんの頭を撫で、イヌミミをカリカリする。尻尾がぶんぶんと揺れていた。

マンドレイクとアルラウネは広いベッドの上をゴロゴロ転がる。

「まんどれーいく」

「あるらうねー」

「ささ、あなたたちはこっちこっち。私の膝においでー」と、アイオーン。

「アイオーン、変なことするなよ」

「失礼な。私にだって可愛い子を愛でる権利はありますよ」

「す、すまん。なんかお前に対する評価がいまいち定まらなくて……」

アイオーンは、俺のベッドに座ってマンドレイクとアルラウネを愛でる。

こうして見るとアイオーン、普通の女の子にしか見えないんだけどな。

しばし、じゃれつく子供たちを撫でていると、ドアがノックされた。

「はいはーい」

「みゃう。ちょっといいか」

ドアを開けるとそこにはルミナの姿が。

「ルミナ？　どうした、一緒に寝たいのか？」

「ちがう」

そう言って、ルミナは俺に本を差し出す……なんだ？

「読めない字がある。あとよくわからない言葉」

「あ、そういうことな」

「にゃうー……あれ、ルミナ？」

あ、ミュアちゃんが起きちゃった。

俺はミュアちゃんを軽く撫で、ベッドから床へ。

ルミナは床に本を広げ、わからない箇所を指差していく。

俺は字を読み、字の意味を解説してやった。

マンドレイクとアルラウネはすでに眠り、アイオーンもグースカ寝てる。

ミュアちゃんとライラちゃんは興味を示し、ルミナの隣に移動した。

「にゃあ……ルミナ、難しい本を読んでる」

「わぅぅ、すごいね」

「ふん。お前たちも少しは勉強しろ……みゃうう」

俺はルミナの頭を撫でていた。

頑張っている姿がとても嬉しく、そして眩しく見えたのだ。

ネコミミを揉み、カリカリしてやると、ルミナが手を払いのける。

「い、今は勉強の時間だ。あと、今日は一緒に寝るからな」

「にゃう、わたしも!!」

「わぅん、わたしもー」

「はいはい。じゃ、ミュアちゃんとライラちゃんも一緒に勉強しよっか」

「まんどれーいく」

「あるらうねー」

「では私も」と、幼女たちに続くアイオーン。

「って、アイオーン……お前は自分の部屋に戻れよ。ってか起きたのか」

「いえいえ。アシュト村長と絆を深めるチャンスですので」

「おい、この字はなんて読むんだ」

「にゃうー」

「わぉーん」

「まんどれーいく」

「あるらうねー」

部屋は一気に騒がしくなった。

ま、いいか。たまにはこんな賑やかな夜でも。

ルミナは、獣医への道を歩きだす。

たぶん、黒猫族で初めてだろう。でも……だからこそ頑張ってほしい。

俺のささやかな希望だが、他の黒猫族がこの村に来たら受け入れるつもりだ。今はルミナだけだけど、黒猫族が他にもいるのは間違いない。

ルミナみたいに夢を見つけて頑張る姿が同族にどう映るのか……きっと眩しく映るに違いない。

そうやって一緒に頑張る仲間ができるといいよな。

「みゃう？　なんだ、ジッと見て」

「いや……これからも頑張れよ」

「当たり前だ。あたいは獣医になるんだからな」

ルミナは、ネコミミと尻尾を動かしながら笑った。

第十四章　蜘蛛と蛇の喧嘩騒動

ある日のことだった。

「だから!!　あたしたちの方が売れてるっす!!」

「違います!!　うちらの方が売れてるって!!」

えー……ゴルゴーン族のステンナとアラクネー族のメイニーが喧嘩していた。

互いに、彫刻と布の服を持っている。そして、俺を見るなり迫ってきた……怖い!!

「「村長!!」」

「ひっ……は、はい!!」

蛇の下半身を持つゴルゴーン族のニョロニョロッとした動き、蜘蛛の下半身を持つアラクネー族の八本の足を使った動きは、どちらもちょっと怖い。

二人は俺に衝突する寸前で止まり、思いきり顔を近付けてきた。

「聞いてくださいよー!! メイニーってば、あたしたちの作った彫刻よりアラクネー族の作った服飾品の方が売れてるって言ってるっす!!」

「事実じゃん!! ねぇ村長村長、アラクネー族の糸を使った服や布製品ってめっちゃ売れてるんでしょ? ゴルゴーンの彫刻なんてそうポンポン売れないもんねー」

「売れてるしー!! それに彫刻だけじゃなくて家の壁とか門とかに設置する石の装飾品も売れてるっす!! 単価が高いから一つでアラクネー族の服数百着分の値段になってるっす!!」

「そんなに高いわけないじゃん!! うちらの服は毎日数百着売れてるしー!!」

俺を挟んでギャーギャー騒ぐ蛇と蜘蛛……いやほんとうるさい。

俺はステンナとメイニーにがっちり掴まれる。

「村長、話聞いてもらうっす!!」

「アラクネー族とゴルゴーン族の売り上げ戦争ね!!」

「………」

こうして、俺は執務邸に連行されるのだった。

「話はわかりました」

喧嘩の理由をディアーナに話すと、部下の悪魔女性に命じていくつかのファイルを持ってこさせる。

机に置かれたファイルを開き、ディアーナは眼鏡をクイッと上げた。

「アラクネー族の布や服、ゴルゴーン族の彫刻と装飾品の売り上げはどちらも好調です。どちらが多く売れているかは問題ではありません。というか、値段も出荷数も違うのでそもそも比べても仕方ありません」

「「そ、そうですか……」」

超冷静なディアーナの意見に、俺たちは黙るしかなかった。

ディアーナは続ける。

「ミュディ・ブランドの在庫消化率はほぼ百パーセント。あまりの人気ぶりにベルゼブブにあるディミトリ商会が、今後ミュディ・ブランド専門店をオープンするようですね。それと、ミュディ様に取材を申し込みたいという記者がディミトリ商会に押し寄せているようで……」

ちなみに、ディミトリっていうのは、闇悪魔族(ディアボロス)の胡散(うさん)臭い笑顔の商人だ。

なんだか大変なことになっていた。ステンナとメイニーの喧嘩なんて吹っ飛んじまったよ。

「それと、ミュディ様からの提案があるそうなのですが」

「「え？」」

「ゴルゴーン族の彫刻、そしてアラクネー族の糸で作った服を合わせた作品を作ってほしいということです」

提案された内容は、実に面白いものだった。


ここはディミトリ商会の緑龍の村支店。ここにもミュディ・ブランドの洋服が並んでいる。

今までは服を畳んで専用のケースにしまって販売していたが、陳列方法を変えるらしい。

俺、ミュディ、ステンナ、メイニーは、服の陳列スペースにいる。

「なるほど……ゴルゴーン族の彫刻に、服を着せて見せるのか」

「うん。畳んだままじゃ服が見えにくいでしょ？　一番いい方法は着ている人がいることだけど……まさか服を着てずっと立ってるわけにもいかないしね。それで思いついたのが、人型の彫刻に服を着せて陳列するって方法なの」と、ミュディ。

このアイデア、ディミトリ商会でも取り入れるらしい。

それと、ミュディ・ブランドを取り扱う専門店も近々開店するとか。開店セレモニーにミュディを出席させてくれとディミトリが言いに来たが……とりあえず返事は保留にしている。

ステンナとメイニーは、ミュディを見た。

「さすがミュディさんっす……ゴルゴーン族とアラクネー族の作品をコラボとは!!」

「恐れ入ったわね……これならうちらの彫刻も映えるし、服もいい感じに見せられるわね!!」

「うんうん。よかったね二人とも。あ、そうだ。せっかくだしみんなでお茶しない？」

「「します!!」」

うーん。ミュディの癒し効果すごい。

ミュディ、さすが俺の奥さんだぜ!!

第十五章　ミュアちゃんと龍騎士

ミュアは、一人で村を散歩していた。

マンドレイクとアルラウネはシロの元で日光浴。ライラは仕事。ルミナは図書館で勉強。他の子供たちも仕事をしている。

今日ミュアは仕事が休み。他の仕事をしている子の邪魔はできないし、アシュトも今日は忙しそうに薬院で働いている。勉強するのは嫌だし、やることもないので村を散歩しているのである。

「にゃんにゃんにゃんにゃ～ん♪」

しかし、散歩は気持ちいい。

どこか広く高い場所で昼寝でもしようかと考えた。

せっかくだから、いつもはあまり行かない場所で。いつもは行かない場所というと……一つだけあった。

ミュアは、のんびり歩きながらそこへ向かう。

到着したのは、村の外れにある広場。そこには大きな建物が二つあった。そして、見知った顔がいる。

「あれ、ミュアじゃない」

「にゃう。シェリー、遊びに来たー」

「遊びにって……ここ、龍騎士の宿舎と訓練場よ？」

「にゃあ。今日は一人だし、いつもと違うところに行くの」

「なるほどね」

訓練場となっている広場では、大勢の龍騎士たちが訓練している。シェリーもその一人だ。

空を見上げるとドラゴンに乗った騎士が連携訓練をしているのが見えた。ミュアは、家事手伝いという自分の仕事とはまた違う世界に目を輝かせる。

「すごーい‼」

「ふふ、よかったら見学していく？　せっかくだしお昼も食べていきなさいよ」

「いいのー？」

シェリーはミュアの頭を撫でる。すると、その様子を見ていた龍騎士ランスローが近付いてきた。

「やぁ、銀猫のお嬢さん。見学希望かな？」

「にゃうー。ここ、おもしろいー」

「ははは。ではシェリー、今日はこの子について我ら龍騎士の仕事を見学させてあげなさい。宿舎と厩舎も自由に見せて構わないよ」

「はい。わかりました」

「にゃあ。ありがとー‼」

シェリーはアシュトの身内だが、龍騎士内の序列は新人隊員だ。シェリーの希望で特別扱いはしないと決められている……が、龍騎士団内では姫のように扱われている。

シェリーは、ミュアと手を繋ぐ。

「じゃ、まずは訓練の見学しよっか。行くわよ」

「にゃあ‼」

二人は、騎士の訓練場へ向かった。

訓練場では、騎士たちが模擬戦を繰り広げていた。

模擬戦を監督しているのは龍騎士のゴーヴァン。シェリーとミュアを見て優しく微笑む。

「見学ですかな？　銀猫のお嬢さん」

「にゃあ。おもしろそうだから来たのー」

「そうですか。ではゆっくりとご覧ください」

「にゃう」

「ミュア、こんな言い方はアレだけど、女の子のあんたが騎士を見て面白いの？」

「うん‼　わたしもやってみたいー」

「よしよし。じゃあ、あたしが相手してあげよっか」

「にゃう‼　いいの？」

「もちろん、遊びだけどね」

シェリーはゴーヴァンをチラリと見る。するとゴーヴァンは優しく頷いた。木剣をミュアに渡し、シェリーも木剣を持つ。

「さ、かかってらっしゃい」

「にゃうーっ」

追いかけっこやお昼寝、木の実集めやアスレチックで身体を動かすことは大好きだが、チャンバラごっこは初めてのミュア。楽しそうに木剣をブンブン振りまわす。

訓練中の龍騎士たちも、微笑ましい光景にほんわかした気持ちになる。

そして、ミュアが木剣をシェリーに向けて振り下ろす。

「にゃおーっ‼」

「あはは。可愛──」

その瞬間……バギン‼　と、シェリーが受けた木剣が砕け散った。

「あれ？　折れちゃったー」

「……」

途端に青くなるシェリー。

騎士の厳しい打ち合いにも耐えられるようにと、ドワーフに依頼して作った木剣だ。硬い木材を加工し、折れないように鉄の芯を入れて油でコーティングしてある。龍騎士団がこの村に来てから作ったもので、未だに一度も折れたことがない木剣が……たったの一撃で折れたのである。

「にゃう。もう一回やるー」

「そ、そうね。ちょ、ちょーっと本気出そうかな?」

折れた木剣を捨て、新しい木剣を掴むシェリー。

いつの間にか、龍騎士たちの動きが止まっていた。

「さ、さぁミュア‼ かかってきなさい‼」

「にゃあうー‼ なんかシェリーかっこいい‼」

シェリーは剣を構え気を引き締める。

今更だがシェリーは気付いた。ミュアは小さくても銀猫族。身体能力だけなら龍騎士より遥かに優れている種族なのだ。

銀猫族は、村の家事担当だが戦闘能力は非常に高い。シルメリアのひと睨みだけでドラゴンが震え上がったこともあるのだ。

おふざけとはいえ、ミュアの一撃を受けたら骨が砕けるかもしれない。

「いくぞシェリーっ‼ にゃああーっ‼」

ドン‼　と、ミュアのいた地面が爆(は)ぜた。

ギョッとしたシェリーは横っ飛び。ミュアが振り下ろした木剣が地面を抉(えぐ)り爆発したような衝撃が大地を揺らす。

いつの間にか、シェリーは汗だくだった。

「にゃはは‼　たのしいーっ」

「あ、あはは。ちょ、待った。ミュア、待って」

「にゃう？」

「ちょっとあたし、調子悪い……その、チャンバラごっこはやめましょう」

「えー」

「そ、そうね……あ、ドラゴンの厩舎に行きましょう‼　ね？」

「わかったー」

木剣をポイッと投げ、シェリーにじゃれつくミュア。

シェリーはミュアの頭とネコミミを撫で、二人はドラゴン厩舎へ。

「……銀猫族、恐るべし」

「……あ、ああ」

ゴーヴァンは顔を強張らせ、いつの間にか隣にいたランスローも冷や汗を流していた。

第十六章　休日について

解体場にて。

デーモンオーガ両家とブライジングことブラン、魔犬族三人衆は、俺――アシュトの話を聞いていた。

俺は、ある提案をする。

「みなさん、毎日休まず仕事をしてますし、何日か休みを取ったらどうでしょう？」

「おお!!　いいねいいね、いいこと言うじゃねぇかアシュト!!」

ブランは手をパンパン叩いて喜ぶが、バルギルドさんに殴られ黙った。

ディアムドさんは「ふむ」と顎に手を添えて言う。

「だが、いいのか？　肉の貯蔵はあるが、この村の消費量を考えると、休むのは好ましくない」

「ええ、その通りです。ですが狩りを休むわけじゃありません。実は、龍騎士たちが実戦形式の訓練で魔獣を相手に戦いに赴(おもむ)くそうです。狩った肉は騎士たちが解体して冷蔵庫に入れるそうなので、みなさんはしばらく休みということで」

「なるほど……」

龍騎士たちの実戦訓練に、オーベルシュタイン領土の魔獣はちょうどいい相手だ。

エルダードワーフ製の武器防具を装備し、日頃の訓練成果を試す。狩りにも訓練にもなる。

デーモンオーガ一家は、毎日狩りに出かけて休みがほとんどない。これを機に、しばらく休暇を取ってもらうのも悪くないと思うんだよな。

アーモさんとネマさんは乗り気だ。

「いいわね。一日中お風呂でのんびり過ごすのもいいかもね」

「そうね。アーモ、マッサージ受けてお酒飲みましょうよ」

「あら素敵」

キリンジくんは少し考え込む。

「龍騎士たちの狩りか……連携訓練も気になるな。村長、その狩りってオレも参加できませんか？」

「ま、真面目すぎる……き、キリンジくん。できれば休んでほしいなぁ、なんて」

「そうですか？　じゃあ……」

と、キリンジくんが何か言いかけたところで、ノーマちゃんが挙手。

「はいはーい。ねぇキリンジ、よかったらその……あ、あたしとエイラに勉強教えてほしいなー、なんて」

「勉強？」

「おにーたん、べんきょうおしえてほしいの‼」

エイラちゃんがキリンジくんに飛びつき、キリンジくんは妹のエイラちゃんを抱きとめる。

まだ小さなエイラちゃんは甘えん坊だ。キリンジくんとしても妹は可愛いんだろう。

「……わかった。じゃあノーマ、エイラ、一緒に図書館に行くか」と、キリンジくん。

「やたっ!!　ありがと、キリンジ」

「ありがとーなの、おにーたん」

キリンジくんはエイラちゃんの頭を撫でた。

そして、ノーマちゃんの弟シンハくんと、ブランは……

「なーブラン、何して遊ぶ？」

「いや、オレとお前が一緒に遊ぶ前提かよ。オレはハイエルフの農園に行って嫁探しでもするぜ。ここにはいい女がいっぱいいるからな。ハイエルフ、悪魔族(デヴィル)、天使族(エンジェル)……へへへ、決めてやるぜ」

「農園の手伝いかー……よし、おれも行くぜ。肉もいいけどたまには果物食いたい」

「は？　まぁ……ガキは手伝いでもして駄賃でももらってな」

ブランはにやにやして、シンハくんは果物をいっぱい食べると意気込んでいた。

魔犬族三人衆は、家族と過ごすようだ。

そして、残りは二人。

「……どうする？」

「……さぁな」

バルギルドさんとディアムドさんは、顔を見合わせていた。

「あれ、お父さん……どーしたの？」

デーモンオーガの休暇一日目……意外なことに、バルギルドは図書館に来ていた。

図書館一階の大きなソファテーブルでは、キリンジとノーマ、エイラが集まって勉強をしている。

キリンジはエイラに字を書かせ、ノーマは本を読んでいた。

そこに登場したのがバルギルドだったのだ。

「いや、久しぶりに読書しようと思ってな」

「読書って……お父さん、字読めるの？」

「……当たり前だ」

ノーマのジト目に心外だと言わんばかりのバルギルド。

実は、字も読めるし本も好きなのだ。前に住んでいた場所には数冊だが本もあった。

そこでせっかくの休みを使い、前から来てみたかった図書館を訪れたというわけだ。

「キリンジ、ノーマを頼む。あまり騒がしくさせるなよ」

「はい。わかってます」

「ちょ、二人ともあたしが騒がしいって⁉　……あ、ごめん」

ついつい大声でツッコむノーマ。エイラは字を書くのに夢中で気付いていない。

バルギルドは早速本棚へ。

時間もあるし、たまには頭の訓練をするのもいい。そんな気がした。

「そうだな……たまには飲んでみるか」

ドリンクカウンターでカーフィーを注文し、数冊の本を選んで空席へ。

静かな図書館でカーフィーを啜り、興味のあった冒険譚(ぼうけんたん)のページをめくる。

「……苦い」

苦いカーフィーもまた、新鮮な味がした。


「鍛冶をやりたいだぁ〜？」

「……ああ。実は興味があってな」

その頃ディアムドは、多種多様な種族が集まる鍛冶場に来ていた。

実は、前から鍛冶に興味があったのだ。

この村に来る前は、自分で武器を打つこともあった。ただし自己流なのでヘタもヘタ……当時は上手いヘタなど気にせず、ただ鉄を打って大剣のような形にしていただけだ。

せっかく時間ができたので、基礎から習ってみたいと思ったのだ。

ディアムドはエルダードワーフの鍛冶職人ラードバンにその旨を説明する。

「ほぉ～……確かに力はあるようだが、鍛冶っちゅうのはそれだけじゃないぞ」

「わかっている。狩りと戦い以外にもできることが欲しい」

「……ふん、まぁいい。おめぇはオレが直々に指導してやる。その代わり、厳しくいくぜ」

「……ああ、頼む」

こうして、ディアムドは鍛冶を習うことになった。


一方アーモとネマは、朝から浴場に向かい薬草湯を堪能し……大広間でエールを飲んでいた。

朝食を食べてすぐに浴場を楽しむという贅沢をしたことがない二人は、これでもかと休日を満喫していた。

エールのジョッキで乾杯、一気に飲み干す二人。

「「っぷぁぁぁ～っ‼」」

誰もいない浴場の大広間でエールを飲み干す。

ちなみに、エールはすでに三杯目。

浴場担当の銀猫であるアーミラは、朝からこんなにエールを飲むアーモとネマに驚いていた。ドワーフでさえ朝からこんなに飲まない。

アーモはエールのお代わりをアーミラに頼み、ネマに言う。

「こんな贅沢、生まれて初めてかも。前の生活じゃお酒なんて数年に一度しか飲めなかったし」

「そうねぇ……そもそもお酒自体手に入りにくかったしねぇ」

もう一人の浴場担当の銀猫ルールーが、エールと追加のおつまみを運んできた。

二人は再び乾杯。エールを一気飲みする。

そして、ネマが言う。

「ま、昔のことは忘れて、今の幸せと休日を満喫しましょっか」

「そうね。旦那や子供たちも好きにしてるみたいだし……あ、もう一度お風呂入ってマッサージ受けない？」

「いいわね‼」

アーモとネマは、休日をエンジョイしていた。


同じ頃。キリンジ、ノーマ、エイラは、相変わらず図書館にいた。

エイラは早くも勉強に飽き、今は魔獣図鑑を見ている。イラストつきなので絵本を読んでいる感覚だ。

キリンジはエイラの頭を撫で、魔獣図鑑を解説している。クールで冷静なキリンジだが、妹をとても可愛がっているのだ。

「おにーたん、これはー？」

「これはガーゴイル。身体が岩に覆われた空飛ぶ魔獣だよ。浴場にあるロテンブロの素材にも使われているんだ」

「おおー‼　おにーたん、ものしり‼」

仲よし兄妹。それがノーマから見たキリンジとエイラの印象だ。

自分たち姉弟の関係とはずいぶんと違う雰囲気がちょっぴり羨ましい。なのでついつい言ってしまう。

「二人とも、すっごい仲よしだねぇ……」

「兄妹なんだから当たり前だろ。というか、お前とシンハだって同じじゃないか」と、キリンジ。

「えー……あいつは生意気だし、あたしのこと馬鹿にするし。エイラみたいに素直で可愛い子が妹だったらなーって思うよ」

「それを言うなら、オレだって弟が欲しいぞ。シンハみたいに元気があって慕ってくれる可愛い弟がいたら、とても楽しそうだ……っと、エイラのことはもちろん大好きだぞ？」

「わたしもおにーたん好き‼　おねーたんも‼」

「ん〜可愛い‼　やっぱ妹よ妹‼」

ノーマはわざわざ席を移動し、エイラを抱きしめた。

キリンジはうっとうしそうに苦笑する。図書館で勉強のはずが、いつの間にか中断していた。

「やれやれ……さて、飲みものでも取ってくるか」

「あたし、果実水‼」

「わたしもー」

「……エイラはともかく、ノーマは自分で取ってこい」

とりあえず、休憩時間だ。


「あ～っ……ハイエルフってのは美人揃いなのに堅すぎるっつの」

「うっさいなぁ。おいブラン、少しは手伝えよ」

その頃、シンハとブランは、農園で収穫作業を手伝っていた。

シンハはせっせと働くが、ブランはつまらなそうにブドウを見る。

「つーかシンハ、せっかくの休みなのになーんで真面目に働いてんだよ」

「別に。つーか面白いじゃん。今までは狩りばっかだったし、果物とかの収穫ってやったことねーから新鮮な気分だぜ‼」

「ガキだなぁ……つーかお前、好きな女の子とかいねーの？」

「別にいねーけど」

「っかぁ……いいか、男に生まれたら女を好きになれ。可愛い女の子に囲まれてウハウハしたいとか、女とデートしたいとかあるだろ？」

「よくわかんねーよ」

「……ま、お子ちゃまには早かったか」

「おい、馬鹿にすんなよ‼」

「へいへい」

と、この二人は意外と仲よしだった。シンハは収穫したブドウを籠に入れる。

「粒もデカいし美味そう……」

「おい、少し食おうぜ」

「駄目だって。後で食えると思うから」

「バカ‼　もぎたてが美味いんだろうが」

「そりゃそうだけど……駄目なモンはダメだって」

「ガキのくせに堅いなぁ……じゃあいい。オレは食べちまうからなー」

「……ブドウを育ててるメージュの姉ちゃんに言ってやる」

「あ、やめろバカ‼」

ギャーギャー騒ぐシンハとブランは、兄弟のように見える。

そこに、ハイエルフのシレーヌとエレインが来た。

「なーにやってんのかなそこの二人……」

「あ、シレーヌの姉ちゃん。あのさ、ブランがつまみ食い……」

「ちっげーよ‼　シンハがつまみ食いしようと」

「嘘言うなー‼」

「あらあら……どうしましょう、シレーヌちゃん」

「んー……ブランが悪い‼」

　そう断言するシレーヌ。

「は？　なんでだよ⁉」と、不満げなブラン。

「だってあたし、ずっと見てたし。シンハは偉いねぇ〜、お姉さんたちがおやつご馳走しちゃう」

「やったぁ‼」と、褒められて跳ねるシンハ。

「ブラン、あんたは真面目に収穫すること。やんないとお酒の支給しないから」

「はぁ⁉　なんだそれズルいぞ‼」

「はいはーい。真面目に真面目に。ね？」

「つぐ……」

「じゃ、行こっか。シンハくん♪」

「う、うん。あの、エレインの姉ちゃん……あんまりくっつかないで」

　三人は行ってしまい、ブランは一人取り残された……真面目にやらなかった天罰である。

「うう、不幸だぜ……」

「自業自得」

「は？」

通りがかりのルネアが、憐れむように微笑んだ。

第十七章　わんこ思春期

ある日、俺――アシュトが散歩していると、キングシープのいる牧場からライラちゃんが出てきた。

手には紡いだ羊毛がある。どうやらミュディにお使いを頼まれたようだ。

「ライラちゃん」

「わうっ⁉　……あ、お兄ちゃん」

「やぁ。それ、羊毛かい？」

「く、くぅん……そうだよ」

「そっか。頑張ってるみたいだね」

「わぅぅ」

頭を撫でるとふわふわ尻尾が左右に揺れる。

相変わらず可愛いな。イヌミミも柔らかモチモチだし、ミュアちゃんやルミナとは違う感触だ。

すると、ライラちゃんの顔が赤くなる。

「わ、わたし……お使いの途中だからっ‼」

「あ」

俺の手から離れ、ライラちゃんは走っていってしまった。

うーん……どうも最近、ライラちゃんがそっけない。

嫌われてはいないと思うけど、頭を撫でると逃げられる。以前は尻尾も触らせてくれたんだけど、今はまったく触らせてくれない……

別に触りたいわけじゃないけど……いやごめん、ちょっと触りたいです。

「うーむ……何かあったのかな？」

「はぁ～……村長ってばダメダメだわ。女の子のことなんもわかっちゃいねぇ」

いきなり背後から声が。振り向くとアイオーンが数冊の本を抱えて立っていた。

ニヤニヤしながら首を横に振る姿がなんかムカつく……なんなんだこいつ。

「まぁまぁそんな目をしないで。どうせあの子に嫌われたとか思ってるんだべ？　違う違う。あの子は照れてるんだべさ」

「照れる？」

「うんうん。ちっこいワンコかと思ったけど、女の子だねぇ」

よくわからん……そりゃライラちゃんは可愛い女の子だけど。

「で、結局どうすればいいんだ？」

「いつも通りでいいと思う。あの子は照れてるだけだし、時間が解決してくれると思うべ」

「ふーん……まぁ、助言ありがとな」

「んふふ。ならちょいと買いものさ行くべ。お礼お礼♪」

「は？　おい、腕を掴むなよ」

アイオーンは、俺の腕に手を絡めてくる。

こいつ、意外と積極的なんだよな。腕に胸が当たってるし。

「仕方ないな。カーフィーくらいなら買ってやるよ」

「お、ありがとな。でも、下着も買いたい」

「そ、それは自分で買えよ」

アイオーンめ……俺をおちょくるのが好きみたいだ。

その日の夜。ライラは、ローレライに連れられて女湯に入っていた。
ミュアやルミナは薬院にいるアシュトの元へ行ってしまったが、どうしても一緒に行く気になれなかった。
ライラは、ローレライに髪を洗ってもらっている。

「わぅぅ」

「ほら、目と耳を閉じて」

「くぅん」

ライラは石鹸の泡が目やイヌミミの中に入らないようにする。目をギュッと閉じ、イヌミミはパタンと折りたたむのだ。

ローレライはライラの髪を丁寧に洗い、ゆっくりとお湯ですすいだ。

「綺麗な金色の髪ね。髪は女の子の命だから、お手入れはしっかりね」

「わうん。ローレライもきれい」

「ありがとう。ふふ、同じ金髪同士だから嬉しいわ」

ローレライは、ライラから見ると『大人の女性』だ。

ライラは、ローレライに気になっていたことを聞きたくなった。

「あのね、お話ししたいことがあるの」

「なぁに?」

「えっとね……」

「待って。身体が冷えちゃうから湯船に行きましょう。そうね……長くなりそうだし、ロテンブロへ行きましょうか。夜風で多少ぬるくなっているロテンブロなら、のぼせることもなさそうだし」

二人はロテンブロへ。案の定、夜風が心地よい。

浴槽に入ると、熱くもなくぬるくもなく、絶妙の温度だ。

ほっこりとお湯を堪能し、ライラは言った。

「あのね、お兄ちゃんと一緒にいると……胸が熱くなるの」

ローレライは何も言わず、ライラに目で続きを促す。

「ミュアやルミナは気にしてないけど、わたしは一緒にお風呂入るのも恥ずかしいし、頭や耳を撫でられると熱くなるの……わたし、お兄ちゃんから逃げちゃって……嫌われたかも」

「そんなことないわ。アシュトはライラが大好きよ?」

「……でも、わたし、お兄ちゃんとお話しできないの。すっごく恥ずかしくて」

「……ふふ、女の子ねぇ」

「わう?」

「ライラ。その気持ちは大事にしなさい。今はわからないけど、大人になればきっとわかるようになるわ。アシュトもわかってるから、今のままで、その気持ちを大事にしながら大きくなりなさい」

「くぅん……」

ローレライは、ライラの頭を撫でる。

「女の子にとって大事なこと。ミュアやルミナよりちょっと早く来ちゃっただけよ」

「そうなの？」

「ええ。二人よりちょっとだけお姉さんね」

「わう？　わたし、お姉さん？」

「ええ」

「マンドレイクとアルラウネは？」

「あの二人はちょっと違うわね。あの子たちにとってアシュトはパパだから」

「パパ……お父さん」

「そうよ」

ローレライの言葉にちょっぴり安心して、ライラはようやく微笑んだ。

ローレライとライラが浴場から出ると、アシュトとミュアとルミナが薬院から戻ってきたのに出くわした。帰る方向は同じなので、一緒に家に戻ることに。

ライラは、アシュトの隣に立って袖を掴む。

「ん……ライラちゃん。あったまったかな？」

「わぅん。ほかほか」

アシュトは、ほんの少しだけ悩んだが、ライラの頭をそっと撫でた。

「くぅん……気持ちいい」

「よしよし」

「にゃあ。わたしもー」と、ミュア。

「あたいも撫でろ」と、ライラ。

「はいはい」

アシュトの手はすぐに離れたが……ライラはぬくもりを胸に感じていた。

第十八章　アイオーンの取材と灰猫族

ある日。俺――アシュトはいつも通り薬院でフレキくん、エンジュと一緒に仕事をしていた。

俺は診察記録を書き、フレキくんは仕事中に手をナイフで切った悪魔族の女性の治療、エンジュはフレキくんの手伝いで軟膏を用意している。手伝おうと思ったが、エンジュが「ここはウチとフレキにお任せや」と言うのでお任せすることにした。

「ふむ、アシュト村長は字がお綺麗ですね……」

俺は先程治療したハイエルフの少女の治療内容を書いていたのだが……

「……なあアイオーン。お前、なんでここにいるんだ？」

実は、仕事を始めてからずっと、アイオーンが薬院にいた。

どこか悪いのかと思って聞いたが「お気になさらず～」とニコニコしながら部屋の隅へ。

さっきまで部屋にいたルミナに話しかけていたが無視され、今は俺たちの邪魔にならないところで仕事の見学をしている。

邪魔ではないが、いい加減ちょっと気になる。

「なあ、邪魔してるわけじゃないから別にいいんだが……ここは薬院で、怪我や病人を診察したり処置したりする場所なんだよ。用がないなら出てってくれよ」

「むー、やっぱりそうですよね。でもでも、必要なので……」

「必要？　何が？」

「……ネタです」

「ねた？」

首を傾げると、アイオーンはキョロキョロする……そして、俺に顔を近付けた。

「……誰にも言わないでくださいね。実は私……小説を書くのが趣味なんです」

「……別に隠すことじゃないだろ」

「恥ずかしいんですよ。ミュディさんは『同士』だからいいですけど」

よくわからん。するとアイオーンは言う。

「アシュト村長。明日はお休みですよね？　その……ちょっと付き合ってくれません？」

「えー……明日はエルミナと釣りに行くんだけど」

「……………そうですかー」

う、落ち込んだ。ちょっと罪悪感……やれやれ、仕方ない。

「わかった。エルミナも一緒でいいなら、釣りはやめにしてお前に付き合ってもいい」

「むむ……わかりました。じゃあエルミナさんも一緒でいいです」

やや不満そうだが、それくらいは勘弁してくれ。


仕事が終わり、エルミナに話をしたら「別にいいわよ」とあっさり了承。

そんなわけで翌日、俺とエルミナはアイオーンに呼ばれ、村の外れにある資材置場に来た。

「で、なんでこんなところに？」

「いや、俺もよくわからん」

資材置場。そのままの意味で、建築用の資材である丸太が積んであったり、加工した木材を乾燥させてあったりする。扉の開いた小屋の中には、加工中の木材もたくさん見えた。

今日は誰もいないようだ。こういう場所に来ることはあまりないし、ちょっと新鮮な気分。

「村長、エルミナさん。こっちですこっち」

「「……？」」

どこからか声がする。エルミナと顔を見合わせると、積んである丸太の裏にアイオーンがいた。

アイオーンのところに向かうと、丸太の陰に引っ張り込まれる。

「お、おい。なんでこんな場所に」

「そりゃ内緒話するためですよ。二人とも、尾行されてないですよね」

「そんなことされるわけないでしょ」

エルミナが呆れて言う。まったくもってその通りなので俺も頷く。

すると、アイオーンはため息を吐き周囲を確認。よくわからないが、クンクン匂いを嗅いだり、目に魔力を込めて周囲を確認したりしている。

「……よし。半径百メートル以内には誰もいませんね。ふう、安心」

「で、どこ行くんだ？」

「まあまあ。まずは私の話を聞いてください」

アイオーンは、コホンと咳払いすると、モジモジし、顔を赤らめ、持っていたカバンから分厚い紙の束を取り出した。

「その～……実は私、小説を書くのが趣味なんだべ」

「へえ、そうなんだー……見ていいの？」

エルミナがアイオーンから紙の束を受け取る。そして、早速読み始め……と思ったら、頬を赤くしてバッと顔を上げた。そのまま紙の束を俺に押しつける。

「ちょ、ここ、これ……マジ？」

「え？　あ!?　そそそ、そっちじゃなかった!!　村長返して!!」

「え、あ」

いきなりアイオーンに紙の束を取り上げられた。

ちょっとしか見てなかったが……なんか、男同士とか、結婚とか、筋肉とか書かれていた。

エルミナは赤い顔を両手で押さえ、アイオーンに言う。

「い、いい趣味ね。うん」

「〜〜〜っ‼　こ、これは違うべ‼　その、趣味の妄想……げげ、現実じゃなくて。男同士とか、イケメンとか、その」

「あの、お、男同士って結婚できるの？」と、聞いてみたら……

『ガァァァァァァ‼』

「うおおお⁉　お、落ち着けアイオーン‼」

なんとアイオーンがドラゴンに変身した。ヤバいヤバい、資材置場が倒壊する‼


十分後……ようやく落ち着いたアイオーン。

資材置場はなんとか壊れずに無事だった。特に騒ぎになることもなく、相変わらず俺とエルミナとアイオーンの三人だけがいる。

「では、これを見てください」と、アイオーン。

「えっと……何も書いてない紙だな」

ちなみに、さっき見た『謎の小説』は見なかったことにした。

さて……俺たちの前に出されたのは何も書かれていない紙。

「これ、小説の原稿なんです。えっと、内緒にしてくださいね。実は私……ドラゴンロード王国で『タイム・アバター』という名義で本を出版しているんです」

原稿って、何も書いてないけど？　不思議に思ってると、エルミナが別のところに反応する。

「え、すごいじゃん。おじいちゃんみたいに趣味で何百万冊も書くのとは違うのねー」

エルミナの祖父、ジーグベッグさんは特殊だ。確かに趣味かもしれないが、持ち込むべきところに持ち込めば出版社が度肝を抜かれるような本ばかりだぞ。

それはおいといて、俺はアイオーンの作家活動のことを尋ねる。

「なあ。お前が本を出版してること、フォルテシモ様とかレクシオン様は知ってるのか？」

「知りません。だって言うの恥ずかしいですし……それと、私は田舎の山奥に住んでいるんですけど、出版社との打ち合わせの時だけドラゴンロード王国の城下町に出たり、新刊が出る時はお忍びで本屋に行ったりしてました。もちろん、私が龍人とか、王族関係者ってことは伏せて」

「すごいじゃない。ちょっと意外だったわ」

「同感。頭いいんだろうなーとは思ってたけど、まさか文豪だったとは」

エルミナと俺が言うと、少しだけ照れたアイオーン。しかしすぐ、腕組みをして首を捻る。

「それで、相談なんですけどー……実は新作のネタに困ってまして、原稿が白紙なんです」

「ネタ？」

「ええ。私、本当はドラゴンロード王国に留学する予定だったんですけど、おじ様やおば様が留学先をオーベルシュタインに決めちゃって。まあこっちもネタの宝庫かなーと思って、いろんな種族のみなさんにお話聞いたり、取材したりしてたんです。でも……何も浮かばないというか」

そういや、以前バルギルドさんたちのところで仕事っぷりを見てたっけ。

あれって取材だったのか……なんかいかがわしい雰囲気しか感じなかったが。

「で、お願いというのは、作品のネタ作りを手伝ってほしいんです。ああ、ストーリーとかキャラとか考えるんじゃなくて、なんかこう……オーベルシュタインならではの『何か』を見せてほしいというか」

「……なんだ『何か』って」

「例えば、とんでもない過去を持つ古代の魔神とか、世界を変える力を持つ神器の在処(ありか)とか」

そんなもん物語の世界だけだぞ……さすがに無茶振りすぎる。

エルミナも首を傾げて困ったような顔をしている。

「……やっぱり厳しいですかね。うーん、どうすっぺ」

「つまり、アイオーンちゃんは～……『創作のネタ作りのために面白い経験をしたい』ってことなのかな♪」

「ええ、その通り……ってびっくりしたあ⁉」

いきなり現れたシエラ様は、アイオーンの背中に抱きついた。おお……今回は俺じゃない。

シエラ様は俺を見て言う。

「うふふ。アシュトくん、期待したかな？」

「いえ。そんなことはないっす……本当に、マジで」

「んふふ。さて、話を戻しましょうか。アイオーンちゃん」

「は、はい‼」

ドギマギしているアイオーン。父や母、叔父や伯母が神聖視するような存在のシエラ様に、こうして至近距離で話しかけられているのに驚いているようだ。

「面白いことに興味あるなら、少し私の話を聞かない？　もちろん、アシュトくんとエルミナちゃんも一緒に♪」

なんか嫌な予感……こういう時の勘、あまり外れないんだよな。

シエラ様は、どこか楽しそうに説明を始める。

「三人は、灰猫族って知ってるかな？」

俺とアイオーンは顔を見合わせて首を横に振る。だがエルミナは知っていた。

「知ってるわ。確か……流浪(るろう)の戦闘一族じゃなかったっけ？」

「その通り。さっすがエルミナちゃん、博識ねぇ～」

「ふふーん。まあね」

灰猫族。灰色の髪を持つ猫族の一種で、オーベルシュタインをさすらう旅の一族らしい。

戦う部族であり、その高い身体能力を活かし、魔獣討伐をしながらオーベルシュタイン各地を流浪しているそうだ。

エルミナは続ける。

「灰猫族は一か所に定住しないの。長くても半年くらいらしいわ。私も二千年くらい前に一度だけ見たの。ハイエルフの里に、百人くらいの灰猫族がやってきて、食べものとか生活用品を物々交換してくれって」

「ほほう、なんだか面白そうな背景がある気がするべ……むふふ」

アイオーンの眼鏡がキラッと光る。

シエラ様がピンと指を立て、なぜか俺に顔を近付けて言う。

「実は……その灰猫族が今、分裂の危機なのよ!!」

「は、はあ……あの、近いです」

「理由はなんと。一族が『定住派』と『流浪派』に分かれちゃったのよ。『定住派』はその名の通り、一か所に定住して村を作り、農業や交易などで一族を発展させようとしている一派。一方『流浪派』はこれまで通り、各地を旅しながらその日暮らしをしようって一派。『流浪派』はどうやら、安定した生活は灰猫族の闘争心を鈍らせるって思い込んでるみたいなの」

なるほど。一族分裂か……でも、それの何が問題なんだろう。

エルミナは肩をすくめて言う。

「別に、定住したいなら定住、流浪したいなら流浪すればいいじゃん。定住地があれば流浪してる連中も帰ってきやすくなるんじゃないの？」

だが、シエラ様が首を横に振る。

「そうはいかないのよ。一族の問題は分裂だけじゃないの。今、流浪派は、『霹靂龍（フルグラトル・ドラゴン）』シュガールちゃんの庇護（ひご）下に、定住派は『嵐帝龍（ハリケーン・ドラゴン）』ファフニールちゃんの庇護下に入ってるの。で……シュガールちゃんとファフニールちゃんって、犬猿の仲でねえ……顔合わせるたびに喧嘩しちゃってもう大変なのよ～。定住派も流浪派も、分裂もだけどこっちにも困っててねぇ」

そこで、アイオーンが挙手。

「あの、シエラ様。もしかしてそのシュガールやファフニールって、龍人ですか？」

「ええ。祖の違う、オーベルシュタインに住む龍人よ」

「……ドラゴンロード王族以外にも龍人が」

アイオーンが驚いていた。俺もけっこう驚いているが、エルミナは特に気にしていない。まあエルミナはオーベルシュタイン生まれだし、どんな種族がいても気にしていないんだろうな。

今度は俺が挙手。

「あの、まさか……俺に灰猫族の問題をなんとかしてほしい、とか」

そう尋ねると、シエラ様がにっこり笑った。

「その通り～♪　お散歩中に灰猫族のいざこざを見つけちゃってねぇ。アシュトくんならうまく解決に導いてくれるかなーって思ったのよ」

買いかぶりすぎぃぃぃ!!　シエラ様、俺に何を期待してんのよ!?

「それに、双方からお話を聞けば、アイオーンちゃんのネタ集めにもなるんじゃない？　流浪派と定住派の考えの違いとか、シュガールちゃん、ファフニールちゃんからもお話を聞くとか～」

「ほほう……そりゃいい考えだべ。私たち以外の龍人、そして灰猫族……なんか面白そうだべ!!」

「待て待て待て。あの、それってメチャクチャ危険なんじゃ……流浪派も定住派どっちも武闘派なんですよね？　しかもバックには二体の龍人がついてるとか。そんな中で話を聞きに行くなんて、手ぶらでオーベルシュタインの森を歩くより危険なんじゃ……」

「大丈夫。アシュトくんならきっとできる!!　それに……いろんな種族同士の架け橋になってきたアシュトくんなら、この問題も解決できる気がするの」

「……えっと」

こ、断りにくい。でも……まあ確かに、同じ種族同士で喧嘩するのを見過ごすのもな。

すると、エルミナが言う。

「シエラの言う通り、あんただったら首突っ込んで解決しちゃう気がするわね」

「……わかったよ。俺にできることなら、やってやる」

俺が折れると、アイオーンがニヤッと笑った。

「ではこれより、『灰猫族の取材』……いや仲裁に行くべ!!」

いや仲裁メインだぞ。取材とかじゃないからな。

というわけで、シエラ様からさらに詳しい話を……と思ったのだが。

「実は、近くに灰猫族の戦士が来ているの。どうやら流浪派で、緑龍の村を偵察しに来たようね～……じゃあ早速行きましょうか～!!」

「え、今から？　ってか、みんなに相談……」

「アシュト村長。取材対象は待ってくれない。行きましょう!!」

そう言った次の瞬間、アイオーンが『翼龍態』に変身。俺とエルミナとシエラ様を抱えると、いきなり低空飛行で森に突っ込んだ……

って、何してんだお前は!?

「お、おいアイオーン!!　せめてみんなに事情を……」

『取材、取材～!!　新作のネタ!!　戦争モノ……主人公は猫族……そして、戦争を止めるために活躍する、無名の猫戦士……ありだべ!!』

き、聞いてねえ……こいつ、小説のネタ考えてやがる。

シエラ様はクスクス笑い、エルミナは微妙に楽しんでいる様子だ。

もともと、資材置場には人がいなかったし、低空飛行だから住人は誰も俺たちが村を出たことに気付いていないみたいだが……内緒話ってことだっただろ、アイオーン！

シエラ様が指示した方角へ飛ぶこと数分。木々の枝から枝へと飛び移る『何か』が見えた。

そして、それは跳躍しながら矢を飛ばしてくるが、アイオーンの外殻に矢は刺さらず弾かれる。

『見つけた!! おーいそこのお方、お話聞かせてくださーいっ!!』

アイオーンは速度を上げ、枝から枝へと飛び移る『何者か』の隣に並んだ。

すると、何者かは跳躍して地面に着地……ようやく動きが止まる。

「……誰」

灰色の長い髪を三つ編みにした猫族の女の子だ。十六歳くらいだろうか、弓矢を背負い、今は腰に差してあった剣を抜いて俺たちに向けている。

アイオーンは変身を解き、俺とエルミナを地面に下ろした。

そして気付く……シエラ様、いつの間にかいなくなっていた。

「あの、あなた灰猫族ですよね!! 流浪派に属する方とお見受けしました。ぜひ取材させてくださ い!!」

メモ帳を取り出し目を輝かせるアイオーン。すると、エルミナがアイオーンを押しのけた。

「ちょっと待ちなさいよ。ね、あんた……緑龍の村を見てたのよね？ 目的は？ 名前は？」

「……」

女の子は警戒している。今度は俺が言う。

「あー……いきなりで警戒するのもわかるけどさ。俺は緑龍の村の村長アシュト。きみは灰猫族だよね？　困ってることがあれば協力したい」

「……なぜ、困ってると知ってるの」

「えーと……この森の守り神みたいな人に聞いたんだ。流浪派と定住派で揉めてるって」

「……」

女の子はまだこちらに剣を向けている。というかアイオーン、武器持った相手には少しは警戒しろよ。

「……本当に、協力してくれるの？」

「ああ。俺たちに手伝えることなら」

「……じゃあ、話を聞いて」

女の子はようやく警戒を解き、剣を下ろした。

近くにいい感じに座れる岩を見つけたので四人で座る。

「私、灰猫族のリセ。いちおう……流浪派」

「改めて、俺はアシュト。こっちはエルミナ。で、こっちがアイオーン」

「リセさんですね。流浪派で、ネコミミの女の子……ふむ、剣士で弓士。主人公としてはいい感じ……」

アイオーンはもう放っておく。早速エルミナが質問。

「あんた、なんで緑龍の村を見てたの？」

「私、流浪派の斥候で偵察担当。村を見て交渉できそうならボスに報告するのが役目だけど……最近は方針が変わって、襲えそうな村や町なら襲って物資を手に入れる」

「お、襲う……本気なのか？　つまり、緑龍の村を襲うつもりってことだよな？」

「……うん。『霹靂龍』シュガール様の方針。交渉するより、襲って壊滅させた方が損することなく全てが手に入るって。流浪派のみんなは否定気味……でも、逆らうとシュガール様に殺される。もう何人か食い殺された……」

リセは悲しげに目を伏せた。

シュガールとかいう龍人、かなり危険そうだ。

「で、あんたから見て緑龍の村はどう？　獲物にできそうなの？」と、エルミナが尋ねた。

「おい、エルミナ」

すると、リセは首を横に振る。

「……無理。怪物の住む洞窟に踏み込む方がまだ楽」

「同意見ね。あんた、命拾いしたわね」

もし襲おうものなら俺も黙っていないし、バルギルドさんたちも容赦しないだろう。

「それでリセ。困ったことって？」

「本来の流浪派に戻りたい。それと……定住派も連れ戻したい」

そう来たか。

本来の流浪派に戻るっていうのは、オーベルシュタインを旅しながら生活したいってことだな。

そしてリセの話からすると、定住派も本当は一緒に旅を続けたいってことか？

「定住派……今は『嵐帝龍』ファフニールの奴隷。戦いのない平穏な暮らしがしたいから、農業を始めて周辺にある村や町と交易しようとしてる……でも、育てている作物はいずれファフニールのモノになるし、狩りをして手に入れた肉もファフニールのお腹の中に入る。あんな奴隷みたいな生活、同胞にしてほしくない」

そうリセが説明した。

「……なんか、定住派もトラブルがあるのね」

エルミナが渋い顔をする。まったくもって俺も同感だった。


さて、少しまとめるか。

まず流浪派。こっちは『霹靂龍』シュガールの庇護下で、今までは狩った魔獣の素材などを物々交換して生活してたが、シュガールは『村や町を襲って略奪しろ』と命令しているらしい。

リセ曰く、流浪派は襲撃に反対しているが、やらなければシュガールに殺されるらしく、仕方なく協力しているとか。

そして定住派。こっちは『嵐帝龍』ファフニールの庇護下で、定住地で農業などを始め、今はそこでの狩りや、山菜・果物の採取でなんとか暮らしているらしい。だが、狩った獲物や果物など、ほとんどがファフニールに奪われ、ろくに食えない状況が続いているとか。

リセの願いは、流浪を続けること。そして定住派の同胞たちも元の暮らしに戻ってほしいとか。

「……元凶って龍人だよな」

「そうね。流浪、定住に関しては灰猫族の問題だけど、越えちゃいけないラインを越えてるのは間違いなく、その龍人ね」

エルミナが「とんでもないわね……」と続けて言いながら渋い顔をする。

とりあえず俺は提案する。

「まず、龍人の庇護下から抜け出した方がいいんじゃないか？」

「賛成。リセ、あんたはどう思う？」

「……無理。シュガール様は強いし怖い……庇護から抜けるなんて無理。それは定住派も同じよ」

「うーん……戦うしかないのかな」

俺が呟くと、アイオーンが言う。

「いい!!　バトル展開、ここでバトル展開もいい!!　湧いてきた湧いてきた。アシュト村長、ネタが湧いてきたあああ!!」

「うるさいな……お前、もう少し静かにしてくれよ」

というかアイオーン。もう少し真面目に考えてくれよ。

「なあアイオーン。お前、シュガールとファフニールを倒せるか？」

「いきなり何を言ってんだべ⁉　か弱い女の子に何させるつもりだあ⁉」

「いや、現時点で戦えそうなのお前くらいだし……なあエルミナ」

「私も風魔法は得意だけど、ローレライやクララベルにすら勝てる気しないわ」

アイオーンはダラダラ汗を流す。

「む、無理ですぅ……父上や母上ならともかく。ってか、その龍人がどれくらい強い個体なのかもわかんない……って‼　母上を倒したアシュト村長がやればいいべした‼」

やっぱそう来るか。まあ、そうだよな。

するとリセが、首を傾けて俺を見る。なんか猫っぽくて可愛いな。

「……あなた、倒せるの？」

「まあ、たぶん……」

フンババやベヨーテはいないけど、『緑龍の知識書（ムルシエラゴ・グリモワール）』を開けばとんでもない魔法が出そうだ。

でも……解決を目指すなら、ただ庇護下から脱するだけじゃダメだよなあ。

シエラ様は俺なら『解決』できるかもって言った。つまり龍人を倒すだけじゃなく、灰猫族の『流浪』と『定住』を両立させろってことなのか？　深く考えすぎかもしれないけど、やるならベストを尽くしたい。

「とりあえず……リセ。定住派の灰猫族と話ができないかな？」

「できる。実は……近くに来てる」

ちょっと驚いた。展開が早いぞ。

リセが口笛を吹くと、少し離れた木の枝から一人の少年が飛び降りてきた……って、驚いた。

「え、同じ顔……？」

エルミナが驚く。そりゃそうだ。現れたのはリセと同じ顔だったんだから……性別はどっちだ？

「弟のリック。見ての通り双子なの」

「……ども」

ああ、男の子か。こっちも髪の毛長いけど、三つ編みにはしていない。

リックはリセの隣に座る……こうしてみると、見分けつかないな。

「アシュト。あなたのこと信じるから言う。実は私とリック、本当は流浪派でも定住派でもない」

「……え？」

リセは顔を伏せ、リックはリセの肩に手を置く。そしてリックが言った。

「オレたち、また一族みんなで過ごしたい。定住するならすればいいし、流浪するならすればいい。分裂とかじゃない、みんなが納得するような形にしたい」

リックはきっぱりと言う。ああなんだ、答え出てるじゃん。

エルミナもそれに気付き、俺に言う。

「じゃあ決まりね。龍人の庇護下から抜けて、流浪派と定住派がお互い納得できればいいのよね」

「だな。なあリセ、リック。流浪派と定住派で一番偉い人と話せるか？　あ、龍人に支配されてるかもだが、灰猫族の中で一番偉い人な」

「いる。でも……話を聞くかわからない」

「同じく。というか……」

リセ、リックは顔を見合わせた。そしてリセが言う。

「流浪派の長セドルと、定住派の長ハルベは夫婦。すっごく険悪なの」

ふ、夫婦なのかい。と……ずっと黙っていたアイオーンを見た。

「流浪派、定住派の長がまさかの夫婦!!　そしてそれを解決すべく動きだすのは……ここは灰猫族じゃない第三者の方が主人公感出るな……盛り上がりどころはやっぱりドラゴンとのバトル。主人公はチートな力を持つ……やっぱり主人公はアシュト村長をモデルにするか」

とにかく片っ端からメモを取っていた。この野郎……少しはお前も解決案出せよ。


まずは、両方の長から話を聞きたいと双子に頼むと……

「できるかわからないけど、狩りに連れ出してみる」と、リセ。

「オレも長に言ってみる。来るかわからないけど……」と、リック。

「とりあえず、俺たちは今日はもう帰るか……それに、この問題は俺たちだけじゃ……応援を呼んだ方がいいかも」

そう呟いたら、リセが言う。

「アシュト。私とリックはあなたたち三人を信じた。三人以外はまだ信じられない」

「いや、でも……俺たち三人だけじゃ」

「少数精鋭……なるほど。大人数で解決するより、精鋭の三人で解決した方が面白い。ふむふむ、この展開いいかも!!」

アイオーンちょっと黙れ。リセは首を横に振る。

「あなたはいい人。でも、緑龍の村人全員がそうかはまだわからない。それに、あと数日で流浪派はまた旅に出る……」

「す、数日って……」

「オレと姉貴、長をなんとか連れ出す。アシュト、説得頼む。その後、龍人倒してくれ」

「……お、おう」

な、なんか責任重大になってきた。

というか、俺がまた戦うのは決定事項っぽいな……

いやあ、フォルテシモ様に感謝だ。あの戦いがあったおかげで、龍人と戦うとなってもそんなに緊張しなくなってるわ。

結局、今日のことは全て秘密となった。

俺、アイオーン、エルミナの三人は村に戻る。

アイオーンは「ネタまとめしますのでまた明日!!」とダッシュで部屋に戻り、エルミナも「あんま役に立てないかもだけど、最後まで付き合うわ」と軽い感じだ。

俺は、明日も休むことをフレキくんたちに言う……理由は村の雑事ってことにした。まさか内緒で灰猫族のいざこざを解決しに行くなんて言えないしな。


そして翌日。俺、アイオーン、エルミナの三人は、昨日リセたちと話をした場所へ。

するとそこには、四人の灰猫族たちがいた。

「リセ、貴様……」

「リック、どういうつもりなの。それに、人間とハイエルフと……その子は若いけど龍人ね」

双子の他に、流浪派と定住派の長である灰猫族の男女もいる。

すると、男の方……確か、流浪派のセドルさんだっけ？　がいきなり背を向けて立ち去ろうとする。

「牙の抜けた猫と話すことはない。リセ、貴様は優秀な狩人だが、この件に関しては後でシュガール様に報告しておく」

「長、待って。話を聞いて」と、止めるリセ。

「あの、取材いいですか!!」

するとアイオーンのアホがセドルさんに向かって目を輝かせながら突撃……く、空気読め!!

「流浪派の長セドルさんですね？　聞けば定住派の長ハルベさんとは夫婦とか。仲違いする原因となったのはやはり、定住派に原因があるとお考えで？」

「なんだ貴様、龍人か？　……悪いが、龍人を見ると反吐が出そうになるんでな。失せろ」

「これは辛辣。ふむふむ、流浪派の長は過激派龍人アンチ……いいネタになりますなあ」

「おいそこの馬鹿。こっち来い!!」

「ぐえっ」

俺はアイオーンの首根っこを掴んで引き戻す。

すると、二人の長の視線は俺に向いた。

「……あなた、緑龍の村から来た人間ね」と、女性の方が声を掛けてくる。

「あ、村長のアシュトです。えっと……ハルベさん」

「ええ。私は定住派の長、ハルベよ。よろしく」

おお、なんか好意的だ……でもあれ？　どこか姿に違和感がある。なんだこの感じ。

「ここから少し離れた場所に灰猫族の集落を作るの。これから仲よくしてくれるとありがたいわ」

「もちろんです。何か困ったことがあればお手伝いします」

そう言うと、ハルベさんは笑みを浮かべた……

なるほどな。定住派としては安定した生活を求めている。緑龍の村の長である俺と争う理由はないし、むしろ友好的な関係を結びたいのか。

「定住派……ふむ。開拓系の物語も面白い。こっちはこっちで新しいネタに……」

アイオーン……龍人を気絶させる魔法、本気で探してみるか。

するとセドルさんが舌打ちする。

「爪が折れ、牙の抜けた猫め。そこのお前、忠告しておく。その女と仲よくすると『嵐帝龍』ファフニールに目をつけられるぞ。お前の村が支配下に置かれるのも時間の問題だな」

「あ、問題ないです。うちの村にちょっかい出してきたら潰すんで」

俺はにこやかに言う。

……やべ、普通に言ったつもりだが、ちょっと挑発っぽい言い方になってしまった。

まあいいや。まずは、ハルベさんの方から解決するか。

「あの、ハルベさん。ファフニールとかいう龍人によって定住派が辛い目に遭っているのはリックから聞きました。それで……定住派のみなさんが望むなら、その龍人を倒すこともできますが……」

「……え。そ、そんなことが」

「ええ。できます」

断言。するとアイオーンが言う。

「ふっふっふ。アシュト様は強いですよ？　それに～……私も少しは自信ありますし。それにそれに、必殺の技も用意しています。まあ使えるかわかりませんが」

なんじゃそりゃ。なんで様づけなんだ。それにアイオーンの必殺技なんて聞いたことないぞ。

するとハルベさん……涙を流し、口元を押さえて言う。

「……できることなら、あの悪龍を排除してほしいです。あの悪龍……長く流浪をしていた野良龍で、同じく流浪していた我々に目をつけ、庇護下に置くという名目で定住派の支配を始めました。ですが、庇護など言葉だけ……無理矢理狩りをさせ、獲物を全て横取りし、力で脅し、すでに何人か食われて……」

「……チッ、なぜ戦わん」

セドルさんが舌打ち。するとリセが反論。

「長だって……今までは物々交換だったのに、シュガールに命令されて、今はただの略奪者になってる。戦いもせず、言いなりに……」

「……我は、機を待っているだけだ。いずれはあの悪龍シュガールの首を取る。おのれ……誇り高き灰猫族の仲間にしてくれと近付き、龍人としての本性を見せて我々を脅した悪龍め」

どっちも龍人に苦しめられているんだな……なんだか可哀想だ。

すると、セドルさんが言う。

「ハルベ。我々はシュガールを討つ。それに協力してくれるなら、ファフニールを討つのに協力してもいい」

「交換条件を出すなんて……もう、共に生きていくことはできないの？」

「ああ。何度も言った……我々は流浪する一族。一か所に留まり続ければ、牙と爪が丸くなり、闘争心が消えてしまう……それは、戦士としては死と同じ」

「………」

「わかってもらおうとは思わん。だが……我は、死ぬなら戦士として死ぬ。ベッドの上で死ぬなんて灰猫族の誇りが許さん」

「……そう」

「うう、悲しい!! これが戦士……ふむふむ、勉強になります!!」

話の腰を折るアイオーン。いい加減にしろ!!

「お前ほんと黙れ。っと……あの、セドルさん。龍人をなんとかするなら手伝えますけど」

「……感謝する。叶うなら、もう一つ頼みがある……龍人を討った後、ハルベや定住派の灰猫族たちをどうか、手助けしてほしい」

「……あんた、死ぬ気？」

黙っていたエルミナが言う。突然の発言に俺もハルベさんも驚いた。

「ふ。そこのハイエルフも戦士のようだ。誤魔化(ごまか)せんな」

「まあ、九千年生きてるしね。死を覚悟した戦士を何度か見送ったこともあるけど、あんたはそういう目をしてる。でも、それでいいの？」

「………」

「あんたが死んでも、ハルベは残るのよ。いがみ合っても、ハルベがあんたのこと思ってるなんて、女の私からすれば一目瞭然よ」

俺はアイオーンを見るが、首を横に振る……こいつ女なのにわかってないみたいだ。

さすがエルミナ。年の功かもだが、説得にかけては俺より上。

「それにハルベ。あんた……妊娠してるでしょ」と、続けるエルミナ。

「なっ⁉ 何……‼ は、ハルベ、本当なのか⁉」

「……ええ。その通りです」

問い詰めるセドルさんと、認めるハルベさん。

あー……やっぱりそうか。ハルベさんを見た時の違和感、これだったのか。

「お腹の子のことを出せば、あなたを引き留めることができると思った。でも……腐っても私は永住派の長。私の言葉だけであなたを説得したかった」

「……ッ」

「子供……そうか、そういう展開もありなのですねいっだぁ⁉」

俺はアイオーンの頭を叩いて黙らせた。

「あなたの言う通り、もう私は戦士ではありません。丸くなった爪は子を抱くため、牙はもう必要ない……子を宿し、定住を決めた時から、私は戦士ではなく母となった……」

「………」

「私が愛したあなたは、誇り高き戦士。この子は私一人で育てます……さようなら、セドル」

「……くっ」

セドルさんは拳を握り耐えている。すると、エルミナが言う。

「セドル。あんたそれでいいの？　こんないい女を放って好き勝手やることが、あんたが誇りにしている灰猫族の戦士のやること？」

「…………」

エルミナも怒っている。ここは俺も言っておくか。

「あの、セドルさん。定住すると牙や爪が丸くなるって言いましたよね。闘争心が消えるとも……でも、俺は違うと思います」

「……何？」

「うちの村にデーモンオーガがいるんですけど、その人たちも子供がいます。でもその人たちが以前言ってたんです。『守るべきものがいる。それだけでオレたちはさらなる力を手に入れた』って。本人曰く、父親になって家族を守る力は、一人の時じゃ絶対に得られなかったって。だからきっと、セドルさんも今よりもっと強くなれると思います」

「我は……」

「お子さんが生まれたら、自分は誇り高き灰猫族で、家族を守る戦士だと伝えてあげるのはどうでしょうか。きっとお子さんも、あなたみたいな灰猫族になりたいと言うはず……俺は、そう思います」

自分の思ったことを全部伝えると、セドルさんは握っていた拳を解き、ハルベさんを見た。

「……ハルベ」

そして、ハルベさんの肩を掴み、優しく微笑んだ。

「子の名を、考えよう……我も新しい道を見つけた。我が子に、誇り高き灰猫族の姿を見せてやらねばな」

「……あなた」

二人は抱き合い、ハルベさんは涙した。

エルミナは洟(はな)を啜り、アイオーンはウンウン頷きながら泣いている。

「後は、龍人をなんとかするだけか」

「あ、それなら私に任せてもらっていいですか？　ちょっと考えがあるんで」

アイオーンはニヤッと笑い、親指をグッと立てた。

◇◇◇◇◇

ここは定住派の定住地。

定住地の最奥に、『嵐帝龍』ファフニールが『翼龍態』で寝そべっていた。

全身に棘の生えた、どこかトカゲに近い姿。ファフニールは大欠伸をすると叫ぶ。

『おおい、腹減ったぞ、メシ～‼』

それだけで、灰猫族の世話係がいくらでも飯を運んでくる。実に快適だった。

もともとファフニールの睡眠は長い。今回は二百年ぶりに目が覚めた。

そして、腹が空いたので適当に飛んでいたところ、開拓したばかりの土地に住む灰猫族を発見。

そのまま灰猫族を食べようと近付いたが……ふと、面白いことを思いついたのだ。

どうせまた寝るなら、それまでこいつらに世話をさせよう。

飯を運ばせ、身体を磨かせ、飽きたら最後に灰猫族を食えばいい。

天敵であるシュガールの匂いも近場に感じたが、今はこの心地いい場所で休むのが何より至福。

ファフニールは、数百年ほどこの生活を満喫しようとしていた、が――

「はいお待ち。私が狩ってきた美味しいワイバーン肉よ」

「おお～、こりゃ美味そう。って……おいお前、ワイに向かってなんちゅう口の利き方だ。悪い子は食っちまうぞ～？」

精一杯の脅しをしたが……目の前にいる『女』は笑った。

「アッハハッハッハ‼　いや～……オーベルシュタインにも龍人がいるって聞いて喜んで来たけど、なんか期待外れねぇ」

その女は、濁ったような白い髪の毛を持つ美女だった。

そして、ファフニールのために用意したワイバーン肉を掴み、がぶりと齧る。

「まあ、可愛い娘のお願いだし……あんた、ここでブチ殺すわ」

『鋼光龍』フォルテシモ……彼女のツノが伸び、牙が生え、両拳がダイヤモンドに包まれた。

「お、おま……龍人‼　ほほう、シュガールの部下かあ？　ワイを誰だと思って――」

次の瞬間、ファフニールはぶん殴られ吹っ飛び、何度も地面を転がった。

フォルテシモは笑う。

「ね、楽しませて？　アタシ……家族以外の龍人と戦うの、初めてなの」


一方その頃。

「いいかい、大事なのは敬意を払うこと」

『蒼空龍』レクシオンは、身体中ズタズタに刻まれ大量出血している『霹靂龍』シュガールの傍らで、静かな声で講義をしていた。

『霹靂龍』シュガール。雷を操る歴戦の龍人。人の姿である『人間態』は弱さの証と決めつけ、常にドラゴンの姿である『翼龍態』でいた。

最近では、なかなか強いと思っていた灰猫族の戦士に目をつけ、共に戦っていた。が……どうしても、他者にこびへつらい物々交換しているのを情けなく感じ、力によって灰猫族を支配した。

灰猫族が反乱を考えていることも知っていたが、むしろその反乱を楽しみにし、何も知らないふりをしていた。戦うならいつでも受けて立つ、そう思っていた。

だが、ついに反乱が起きたその時。覚悟を決め武器を手に取った灰猫族たちをかき分けるように
して、突如、一人の青年が現れた。

『娘のお願いでね。少し任せてくれないか？』

そう、戦いとは無縁そうな笑顔で言いながら――シュガールが恐怖するほど、圧倒的な『力』を
見せつけた。

そして今、倒れたシュガールの頭部に近付き、先程と変わらぬ笑みを浮かべている。

「シュガールだったね。キミは誇り高い。でも……礼儀と敬意を弁えていない。それじゃあダメな
んだ。いかに強くても、相手に対する最低限の礼儀がないと、どんな力もただの『暴力』だ」

優しい言葉だが、シュガールは恐怖していた。

このレクシオンという青年は、礼儀という仮面を張りつけた『死神』であると。

「さて、講義は終わり。一説ではドラゴンは死ぬと、魂は輪廻を巡り再び転生するらしい。シュ
ガール……来世で会う時を楽しみにしているよ」

レクシオンの右腕が、凶悪なドラゴンの『爪』に変化する。

シュガールが最後に見た光景はやはり……レクシオンの変わらぬ笑みだった。

数日後。俺、アイオーン、エルミナの三人は、リセ、リックの案内で『灰猫族の村』にやってきた。

「おお、かなり人が多いな」

「うん。定住派が流浪派を説得して、合流したの」

リセが言うと、村の奥からハルベさん、セドルさんがやってきた。

「友人よ、歓迎しよう」

「どうも。セドルさん」

セドルさんは、新しい村の村長となった。俺とエルミナの説得に心動かされ、定住の道を選んでくれた。今後は流浪の戦士としてではなく、狩人として村を支えるそうだ……それから、父親として。

すると、アイオーンが目を輝かせる。

「ふっふっふ。いやー、今回は素晴らしいネタを山ほど仕入れました。感謝感謝です!!」

「よくわからんが……きみにも感謝する。龍人を追い払ったのは、きみの両親と聞いた」

それそれ。俺も気になっていた。

アイオーンが「数日待ってください。必殺技で全部終わりますから！」なんて言うから任せたんだが……本当に数日で龍人がいなくなった。まさかフォルテシモ様たちに任せるとはな。

「どうやって連絡したんだ？　お前一人じゃオーベルシュタインから出られないだろ？」

以前聞いた話だと、アイオーンはローレライやクララベルより少し強い程度なので、オーベルシュタインの魔獣に敵(かな)わないと言っていた。一人では故郷まで戻れないのにどうやってフォルテシモ様たちと連絡を取り合ったのか……手紙を出すにしても、数日でやり取りできる距離じゃない。

するとアイオーンは自信満々に胸を張る。

「ええ。私の能力の一つに『時空穴(ワープホール)』ってのがありまして。空間に穴を開けて別の場所に繋げられるんですよ。でもまだ未熟なので、指先くらいの穴しか開けられなくて……なので、父上や母上のいる場所に繋げて、声だけ送ったんです。そうしたら飛んできてくれましたよ」

話によると、灰猫族を支配していた龍人たちはどっちも死んだそうだが……それを確かめてきたという灰猫族たちの顔色がかなり悪かったんだよな。

俺は見なくて正解だったかも。

「いやー、これでいい小説が書けそうです。それに灰猫族のみなさんも助かってどっちも嬉しい!!　ハルベさん、可愛い赤ちゃん産んでくださいね!!」

「ええ、もちろん」

「ではではアシュト村長。取材の締めに他の灰猫族の住人たちの話を聞きましょう。エルミナさんも協力お願いしますね!!」

「いいけど。ね、小説できたら読ませてよね!!」

「……ははは。まあ、いろいろ大変だったけどいいか」

アイオーンの小説が完成するのはまだ先だけど、今から楽しみにしておくか。

第十九章　エルダードワーフの穴倉

ある日。俺は一人でニコニコアザラシのいる花畑へ向かっていた。

護衛もなしにオーベルシュタイン領土を歩くのは危険だと言われるが、花畑までの道は整備して柵が設けられ、龍騎士たちも巡回しているから安全だ。村からも近いし。

それに、俺もオーベルシュタイン領土に住み始めて二年以上経つ。村から少し離れた場所に出向くだけでビクビクするほどやわじゃない。

俺の手には数冊の本とバスケット。

バスケットには水筒と、シルメリアさんが作ってくれたサンドイッチが入っている。

「お」

歩いていると、花畑の入口が見えた。

柵に囲まれ、中には泉があり、川も流れている。カラフルな花が咲き誇るこの場所は、落ち着いて読書するのにピッタリなのだ。

花畑では、大きなニコニコアザラシがのんびり過ごしていた。

見渡すと村の住人たちも何人かいる。

ニコニコアザラシの背に乗ったり、子供を抱いたり、あずま屋でのんびりお喋りしたり……ここは憩いの場にピッタリだ。

すると、近くでニコニコアザラシの子供を抱っこしているシェリーを見つけた。シェリーも俺を見つけ、子供を抱っこしたままこっちへ。

「あれ？　お兄ちゃんじゃん」

「おお、シェリーか」

「珍しく一人？」

「ああ。たまには一人で読書でもしようと思ってな。お前は？」

「あたしも似たような感じ。たまにはのんびり癒されようと思ってねー」

『もきゅ』

ニコニコアザラシの子供をぎゅーっと抱くシェリー。

「あ。お兄ちゃん、それサンドイッチ？」

「ああ。シルメリアさんが作ってくれた……けっこう量あるし、お前も食べるか？」

「うん!!　えへへ……そういえば、お兄ちゃんと二人きりって久しぶりかも」

「そういやそうだな」

俺とシェリーは空いているあずま屋へ行き、向かい合って座る。

テーブルに本を載せ、シェリーはニコニコアザラシの子供を膝に置いて撫で始める。

『もきゅうー』

「可愛いなぁ……もふもふ」

「大人になるとのんびりしてるけど、子供は好奇心旺盛だよな。人を見つけると寄ってくるし」

ニコニコアザラシの子供は、シェリーが差し出した指を吸い始める。

シェリーはすっかりニコニコアザラシに夢中だ。

俺は子供を軽く撫で、読書を始めた。


シェリーと一緒にサンドイッチを食べ、村に戻った。

すると、村の入口に一人のエルダードワーフと、大きな荷車を引くオオトカゲがいた。

「マックドエルさん!!」

「おお、村長じゃねーか。久しぶりだなあ」

マックドエルさん――緑龍の村ができる前に俺が出会った『エルダードワーフ・始まりの五人』の一人。まぁこの言い方は、俺が脳内で勝手に呼んでるだけなのでどうでもいい。

アウグストさんは建築関係、ラードバンさんは鍛冶関係、ワルディオさんは酒造関係、マディガンさんは農業関係、そしてこのマックドエルさんは素材の調達関係の仕事をしている。

マックドエルさんの仕事は、エルダードワーフの故郷にしかない鉱石を持ってきたり、周辺で発掘できそうな鉱山を探したりすること。後は流れ者のエルダードワーフをこの村に勧誘もしている。

なので、あまり村に長居することがなく、エルダードワーフの故郷にいることが多い。

ちなみに……側にいるオオトカゲは敵とかではない。マックドエルさんの相棒だ。

「穴倉でいい素材が入ってな。ラードバンとこに持っていくんだ。あと、アウグストとマディガンに頼まれた素材も持ってきた」

「ほんとに助かってますよ、マックドエルさん!!」

感謝を伝えると、マックドエルさんは頬をポリポリかいて苦笑した。

そして俺は気付く……マックドエルさん、少し疲れているようだ。

「あの、マックドエルさん。少しゆっくりした方がいいんじゃないですか？　村とドワーフの故郷の往復はかなり疲れるんじゃ」

「問題ねぇよ。穴倉で温泉に浸かって一杯やると疲れなんざ吹っ飛ぶぜ。それに、穴倉にゃこの村のセントウ酒と清酒を待ってる奴らがいるし、遅れるとやかましいからな。何日か休んだらまた行くぜ」

「あの〜」

と、そこでシェリーが挙手。俺とマックドエルさんがシェリーを見ると、首を傾げながら言った。

「前から気になってたんですけど、『あなぐら』？　ってなんですか？」

「穴倉は穴倉、オレたちエルダードワーフの故郷よ……そういや、村長とは二年くれぇの付き合いだが、オレらの故郷に来たことねぇよな？」

「そういえば……」

エルダードワーフの故郷である『穴倉』は洞窟みたいになっていて、温泉なるものが湧いてるってのは聞いたことがある。

「んー……そうだな。村長さえよけりゃ一緒に行くか？　オレらの長もちゃんと紹介してぇしな」

「エルダードワーフの穴倉、それと長か……」

「この村の浴場も立派だが、オレらの温泉も大したもんだぜ？　ドワーフの火酒や穴モグラの丸焼きもうめぇぜ」

「……そうだな。エルダードワーフの長に挨拶したいし、行ってみるか」

というわけで、エルダードワーフの故郷へ行くことになった。

エルダードワーフの故郷。マックドエルさんの案内で行くのは俺と数人だ。初めて行くし、大所帯では迷惑だろう。

俺の護衛ってことで、何人か選んで行くのがいいだろうな。

夕食の席で話をすると、最初に立候補したのはシェリーだった。

「あたし行きたい。あたしも一緒に話聞いてたんだし、絶対に行く!!」

「まぁ……いいか」

というわけで、シェリーは連れていく。

温泉の話をしたらミュディも行きたがるかなーと思ったが、意外にも行かないと言われた。

「わたし、ベルゼブブに行くの。ディミトリさんにお願いされて、わたしのブランドを扱った専門店のオープン初日に挨拶してほしいって」

「そんな話あったな……いいのか？」

「うん。ちょっと楽しそうだし、ベルゼブブのお洋服屋さんも見てみたいし」

「そ、それなら俺も……」

「だめ。アシュトはエルダードワーフの故郷へ行くんでしょ？」

見事にブッキングしてしまった。仕方ないので、ミュディに護衛をつけようとしたんだが……

「あ、護衛なら大丈夫。新作のお披露目でモデルを務めてもらう、アーモさんとネマさんが一緒だから」

「そ、そうなんだ……いつの間に」

と、ここで唸るのはエルミナだ。

「ん～……アシュトにくっついてエルダードワーフの故郷へ行くのも面白そうだけど、ミュディと一緒にベルゼブブに行くのも面白そうね……どうしよっかな」

まぁ好きに悩んでくれ。俺の視線はローレライとクララベルへ。

「行きたいのだけど、少し予定があるから……」と、ローレライ。

「わたしもー。アイオーンと一緒に訓練するの」と、クララベル。

「訓練？　ああ、『龍人態』のか」

「ええ。私とクララベルの休日と、アイオーンの予定が合う日はあまりないの。今回は見送らせてもらうわね」

「ごめんね、お兄ちゃん」

「いや、いいよ。となると……一緒に行くのは俺とシェリーか。エルミナ、どうすんだ？」

「んー……よし決めた!!　私は村で昼寝する!!」

というわけで、エルダードワーフの故郷へ行くのは俺とシェリーになった。

後は護衛だ。デーモンオーガのみなさんに依頼しようかね。


翌日。デーモンオーガのみなさんの元へ。事情を伝えて護衛をお願いする。

「オレが行こう……ドワーフの鍛冶に興味がある」

ディアムドさんがそう言った。

アーモさんとネマさんは、俺を見つつなんか楽しそうに言った。

「あたしとネマはベルゼブブでミュディちゃんの護衛があるからねぇ」

「そうねぇ……うふふ」

「な、なんか楽しそうですね」

「うふふ。ディミトリの奴とちょっと交渉してね。ねぇ、ネマ」

「そうね。んふふ」

後で聞いた話だが、アーモさんとネマさんは、ミュディの護衛の礼として、ディミトリ商会が経営する高級ワインバーで飲み放題ってことになってたらしい。みんなに羨ましがられるので言えなかったそうだ。

「アーモさん、ネマさん、ミュディをよろしく」

「「任せなさい」」

これでミュディの護衛は万全だな。俺の方は、ディアムドさんだけでいいかな……ん？

「おにーたん」

「エイラちゃん？　どうしたの」

「わたしも、おとーたんといきたい!!」

「え。エイラちゃんもエルダードワーフの故郷へ行きたいの？」

「うん!!　わたしもいくー!!」

「んー……まぁいっか。じゃあ一緒に行こうか」

「やったー!!」

まぁ、たまにはエイラちゃんも外に連れ出してやるか。

「じゃあおれも!!」

「だめだ。残りは全員仕事だ……先日休暇を取った分、しっかり狩らないとな」

シンハくんが挙手するが、バルギルドさんが息子のシンハくんの頭を押さえた。

「村長。オレとノーマとシンハ、キリンジは村に残る」

「はい。よろしくお願いします」

「……キリンジ、頼んだぞ」と、ディアムドさん。

「はい。父さん」と、息子のキリンジくん。

「あたしも行きたかったなー」

「おれもー」

ノーマちゃんとシンハくんはまたの機会に。

出発はマックドエルさんの準備が整い次第……お土産を準備しなくちゃいけないけど、エルダードワーフの故郷だしやっぱりお酒がいいかなぁ。

数日後。マックドエルさんの準備が整ったので、村の入口に集合した。

村の入口には、荷車に大きな荷物を積んだマックドエルさんの相棒であるオオトカゲがいた。

今回も大荷物を積んでいるが、パワーがあるのかケロッとしている。トカゲなのにケロッと……ぷぷ。

「お兄ちゃん、何ニヤついてんの？」と、シェリー。

「べ、別にニヤついてないし」

「おにーたんおにーたん。りょこうたのしみなの!!」と、エイラちゃん。

「あはは……旅行じゃないけどね」

『エルダードワーフの故郷っすかぁ〜……ワイも行ったことないなぁ』と、言ったのはセンティ。

そう、今回の俺とシェリーの移動手段はセンティだ。身体を十メートルくらいにして、俺たちが座るための椅子を括(くく)りつけている。

エイラちゃんの頭を撫でていると、大斧(おおおの)を背負ったディアムドさんがマックドエルさんに言う。

「護衛は任せておけ……」

「おう。ま、こう見えてオレも腕っぷしには自信がある。そこまで心配しなくていいぜ」

「ふ……そうか」

職人としての腕がすごいのはもちろんだけど、腕っぷしもエルダードワーフの中では一番らしい。

だからこうしてオーベルシュタイン領土を自由に行き来できるんだとさ。

さて、準備は整った。

「じゃ、行くぞ。おいセンティ、トカゲの後をゆっくりついてきな」

『了解っす!!』

マックドエルさんはオオトカゲに跨り、俺たちはセンティの椅子に座る。

マックドエルさんがオオトカゲの頭を軽く叩くと、オオトカゲはのっしのっしと歩きだした。

ディアムドさんはセンティとオオトカゲの中間を歩き、エイラちゃんはディアムドさんによじ登る。俺はシェリーと隣同士で、センティの椅子に座った。

「エルダードワーフの故郷かぁ。温泉楽しみかも」と、シェリー。

「俺は食べものとか気になるなぁ」

エルダードワーフの穴倉、どんなところだろう?


エルダードワーフの穴倉。

今までもけっこう名前は話に出てたけど、どんなところか知らなかった。村のエルダードワーフたちは故郷の話とかしないし……先にハイエルフの里に行ったり、ワーウルフ族、マーメイド族の集落との取引が始まったりしてたから気にしていなかった。

エルダードワーフは流浪の鍛冶師で、穴倉に定住しているわけじゃなくオーベルシュタイン領土中に散っているとは聞いたことがあるけど。

そんなことを考えていたら、マックドエルさんがオオトカゲの上でこっちを振り返って言う。

「そうだ、言い忘れた。穴倉の中はけっこう暑いからな。薄着にしとけ」

「わかりました。暑いのか……」

「大丈夫。あたしがいるじゃん!!」

そっか、シェリーを連れてきてよかった。

シェリーの魔法の氷は炎でも溶けないし、いざとなったらいっぱい氷を出してもらおう。

俺はセンティの背に取りつけられた椅子にもたれかかり、エイラちゃんを抱っこして歩くディアムドさんを見た。

「………………」

「きもちいーの!!」

「……暴れるな。落ちるぞ」

「はーい!!」

相変わらず寡黙なディアムドさん。そして元気なエイラちゃんだ。

なんというか……正反対の性格だよな。エイラちゃん、ネマさんに似たのかな？

『はぁぁ～……もっと速く走りたいっす』

マックドエルさんのオオトカゲに合わせた速度だからセンティはやや不満そうだ。

「我慢してくれ。到着したら自由に遊んでいいからさ」

『へーい』

センティは一度行けば後は自力で道を覚える。帰りは案内なしで先に戻ることもできるだろう。自由な速度はその時に出してくれればいい。

「エルダードワーフの故郷かぁ……どんなところだろうね」

「穴倉って言うくらいだし、洞窟っぽいところかもな」

俺とシェリーは、センティの背中でのんびり過ごしていた。


「おーし見えたぞ!! あそこが穴倉だ!!」

半日と少しが経過し、エルダードワーフの穴倉に到着した。

森の一部が開拓され、ぽっかり空いた空間には草木の一本も生えていない。

大きな石門があり、その先にはとんでもない高さの山が見えた。しかも、山のてっぺんから煙がモクモク吐き出されてる。

センティから降り、俺はマックドエルさんに質問した。

「あの、マックドエルさん……山から煙が」

「ああ、あれは『大地の穴』だ。あの穴から『大地の血』が噴き出すのよ」

「えーっと……」

「とりあえず、大地の血に触れるんじゃねぇぞ。触れたら骨も残らず溶けちまう……ちなみに、あの穴に身投げするバカもいるが、何も残らねぇ」

「………」

なんか怖い。

というか……少し、いやけっこう暑いな。石門の向こうから熱気が出てるようだ。

ディアムドさんはセンティの上から土産の入った木箱を下ろし、シェリーはエイラちゃんと手を繋ぐ。俺は石門を見上げた。

ちなみにセンティ、荷物を下ろしたら『ちょっと走ってくる!!』って言って走り去った……のんびり歩きがよっぽど応えたようで。

「ディアムド。おめー、この石門開けられるか?」

「……問題ない」

マックドエルさんに言われたディアムドさんは木箱を肩に担ぎ、右手だけで石門を押す。

石門はゆっくり開いた……片手で。

「かーっかっか!! てぇしたもんじゃねぇか!!」と、マックドエルさん。

「おとーたんすごいの!!」と、エイラちゃん。

マックドエルさんは感心したように言う。

「この門、重すぎて開けられる奴いねぇんだ。おめーならもしやと思ったが、案の定だったぜ」

「え、じゃあ普段の出入りはどうやって?」

「あそこの小さなドアだ」

マックドエルさんの指差した先。石門の隣に小さなドアがある。

普段はそこを使ってるそうで、この石門はダミー。魔獣除けらしい。

といってもちゃんと開閉はするが、これを開けられるほどの筋力の持ち主はほとんどいないそうだ。

「さぁて、まずは仕事だ。荷物下ろして運ぶモン運ぶぞ!! ディアムドはオレを手伝え、村長と娘っこたちは長に挨拶しな。長は穴倉の奥にいるからよ。まっすぐ行けばいい」

マックドエルさんはそれだけ言い、ディアムドさんと一緒に先に穴倉へ入っていってしまった。

「……どうしよう」

「行くしかないでしょ……」

「おにーたん、おにーたん、はやくいこっ!!」

エイラちゃんに引っ張られ、俺たちは穴倉の奥へ向かった。


長は穴倉の奥……まっすぐ行ったところ……。

いや、もっとちゃんと聞いておけばよかった。たったそれだけでわかる人はいないだろう。

「あ、あっづぅ……しぇりー、氷くれぇ」

「う、うん……なんか息苦しいぃ……」

俺とシェリーは汗だくで穴倉の中を歩いている。

穴倉は非常に暑い。しかも蒸す。

山をくりぬいて作られた通路は昼間のように明るく、この明るさの原因は、壁や岩に埋め込まれた透き通る『石』が発光しているからだとわかった。

通路は洞窟みたいだが天井は高く、鍛冶をしている音がいろいろなところから聞こえてくる。

途中で何人かのエルダードワーフとすれ違い、長のいる場所を聞いたが……

「長ぁ？　あっちだあっち!!」

「なんだおめー？　長に会いに来ただぁ？　長はあっちだ」

「あっちだあっち」

みんな適当に指差してんじゃないかってくらいそれぞれ方向が違う。

しかも穴倉、道がめっちゃ複雑だ……暑いし蒸すし疲れてきた。

「めいろみたいでたのしーの!!」

「え、エイラちゃん……暑くないの？」

俺とシェリーは上着を脱いでいる。エイラちゃんはもともと薄着だけど、汗一つかいていない。

そんなこんなでアリの巣みたいな穴倉を進んでいくと、大きな空間に出た。

「あ、ここ……飲食店街みたい」

ドワーフの穴倉にある飲食店街。

半円形の空間で、円を描くように飲食店が並んでいる。店舗を建てるのではなく、壁を掘ってその穴の中を店にしているようだ。中心の広場には椅子やテーブルがたくさん並び、いろんな人が酒盛りしていた。

あ、広場の店先にはノレンがかけられてる……そういえば、ノレンってエルダードワーフの文化だっけ？

しかし、いい匂い……腹も減ったし喉も渇いたなぁ。

「お兄ちゃん、喉渇いた……」

「俺もだ……少し休んでいくか？」

「そうね……って、お金ある？　ってか、ここって通貨流通してるの？」

とりあえず、行ってみるか。

よく見ると、お客はエルダードワーフだけじゃない。ブラックモール族やリザード族、オーガ族など多種多様な種族が集まっていた。みんな職人なのかガタイがいい人ばかり。あと、女性がまったくいない。

俺、エイラちゃん、シェリーの三人は飲食店街を歩く。

「腹減った……喉渇いた」

「お兄ちゃん……お水くらいもらえないかな？」

「どうだろう……」

俺たち、金を持っていない。というか、さっきシェリーも言ってたが、そもそも通貨はあるのか？

どっちにしろ手ぶらの俺たちじゃ何も買えん。

「くーださーいな!!」

「おう嬢ちゃん。何がいい？」

「のどがかわいたのー」

ん!?　知らぬ前に、エイラちゃんが露店でやり取りをしている。

「そうかい。じゃあキラービーのハチミツとシビレモンの果実水だ。うめぇから飲んでみな」

「ありがとー!!」

エイラちゃんはエルダードワーフのおじさんから葉っぱで作ったようなカップを受け取り、黄色い果実水をゴクゴク飲む。

俺とシェリーは仰天して露店へ。エイラちゃんが食い逃げ犯になってしまう。

「す、すみません!!　俺たちお金持ってないんです!!」

「おいしーの!!」

「え、エイラ!!　ああもう、ごめんなさい!!」

俺とシェリーが頭を下げると、エルダードワーフのおじさんは豪快に笑った。

「ガハハ!!　金なんざもらわねぇよ。つーか、穴倉での飲食はどこも無料だ。肉も酒も大地の恵み、この世界に生きる者に平等に与えられるってもんだ」

「「え……」」

「ほれ、兄ちゃんと姉ちゃんも飲みな。美味いぜ!!」

「「あ、ありがとうございます……」」

まさかの無料……マジで?

俺とシェリーは顔を見合わせ、露店のおじさんにお礼を言い、近くのベンチに三人で座った。

とりあえず喉も渇いたことだし、果実水を飲んでみる。

「う、うまっ……レモンみたいな酸味とハチミツっぽい甘さが混ざってなんともいえない美味さ!」

「確かに、美味しい……」

「おいしー!!」

でも、ちょっと……いや、けっこうぬるい。

シェリーも同じことを考えたのか、杖を取り出して俺たちのカップを軽く叩く。

すると果実水が魔法で冷やされ、とても飲みやすく美味しくなった。

「ん～、美味しい♪　やっぱこうじゃないとね!!」

「ああ、ありがとなシェリー」

「つめたーい!!　おいしいの!!」

ようやく人心地がついた……俺は果実水を飲みながらシェリーに言う。

「なぁ、エルダードワーフのおじさん……タダって言ったよな」

「うん。あ、見て」

シェリーが指差した方を見ると、露店で串肉を受け取ったエルダードワーフが、支払いをせずにその場を離れる。

顔見知りだから無料……ってわけでもなさそうだ。

「マジで無料っぽいな」

「うん……すごいよね」

「どうやって利益出してると思う？」

「さぁ……」

暑いせいか、思考力が落ちている。果実水を飲み干したエイラちゃんが、俺の腕を引っ張った。

「おにーたん、おなかすいたのー」

「腹……うん、確かに。俺も腹減った」

「あたしも……ねぇお兄ちゃん、タダみたいだし何か食べない？」

「……そうだな。長に会う前に腹ごしらえだ。それに、この辺りの人たちに聞けば、長がどこにいるか詳しくわかるかも」

「ごはんー!!」

せっかくだ。エルダードワーフの穴倉料理を堪能しようじゃないか。

最初に向かったのは、ノレンがかけられている壁のお店。ノレンには『穴モグラの丸焼き』って書いてある。

お店の中は明るく、石を削って作られた椅子やテーブルがいっぱい並んでいた。

テーブルの中央には熱した石のプレートがあり、その上で皮を剥いだ大きなモグラが丸焼きになっていた……内臓は抜かれているようだし、下処理も完璧だけど、ちょっとグロい。

しかも驚いたことに、ブラックモール族の集団がそのモグラを食べていた……

「おう、らっしゃい!! 三人だな、空いてる席に座れや!!」

店主らしきエルダードワーフが大声で叫ぶので驚いた。

とりあえず入口近くに座ると、……お、女性のエルダードワーフだ。

その女将さんらしき女性エルダードワーフが、石板の下にある油の塊に火を点ける。そして、俺とシェリーにはちょっとぬるいエール、エイラちゃんには水が出され、すぐに穴モグラが石板の上に置かれた。

まだ何も注文してないんだが……まぁいいや。

「メニュー表もないし、穴モグラの丸焼きしかないみたい」

「見た目はともかく美味そうな匂い……あと暑い」

シェリーにエールと水を冷やしてもらい乾杯。穴モグラが焼き上がるまで待つ。

するとジュージューと音がし始め、脂が石板を濡らしていく。

「お、お兄ちゃん……めっちゃ美味しそう」

「あ、ああ……暑いけど、この暑さと匂いがたまらん」

「おいしそーなの!!」

どうやって食べるのか周囲を観察すると、素手で足を千切って食べていた。

テーブルには皿もナイフもフォークもない。とりあえず足を千切ってエイラちゃんに渡し、俺とシェリーも穴モグラの前足と後ろ足を千切る。

「じゃ、いただきます」

「いただきまーす」

「いただきますなの!!」

塩味も何もないが……素材の味が美味しい。

鳥肉を食べてるみたいだけど、違う点として脂がすごい。これはエールが進む。

手がベトベトになるのは仕方ないけど美味い。俺たちは夢中で食べ……頭の部分は食べる勇気がなかったが、エイラちゃんだけは骨ごとバリバリ食べてた。

穴モグラ完食……脂が多かったおかげでお腹いっぱいになった。

「いやー……満足」

「お肉だけってのもいいかも」

「おいしかったのー……けぷ」

お腹いっぱいで満足だ。こんな美味しいのが無料とは素晴らしい。

「あ、そうだ」

俺は女将さんに聞いてみた。

「あのー、このエルダードワーフの穴倉の長に会いたいんですけど、どこにいるかわかりますか？」

「長？　ああ、ドンドラングね。あの人なら自分の工房にいるんじゃない？」

「えっと、そこまでどう行けば……」

「ああ～……あなたたち初めて来たのね。ここは地図なんてないからねぇ……ところで、あの爺さんに何かご用なのかしら？」

「はい。俺たち、緑龍の村から来まして、ぜひ挨拶をと」

「まぁ!?　緑龍の村って……そうなのそうなの。わかったわ、あたしが案内してあげる。父ちゃん!!　ちょっくら出てくるから後は頼むよ!!」

「あぁ!?　おいカカァ、このクソ忙しい時に」

「やかましい!!　こちらの方々は緑龍の村から来てんだよ、案内してやらにゃあいかんのよ!!」

「お、おう……」

こ、怖い……店の奥にいたエルダードワーフの店主さんが黙っちゃった。

「さ、案内するよ。こっちこっち」

「は、はい。シェリー、エイラちゃん、行くよ」

「うん」

「はーい」

よかった。ようやく本来の目的が果たせそうだ……


穴モグラの丸焼き屋の女将さんに案内され、エルダードワーフの長の元へ。

マックドエルさんは「まっすぐ行けばいい」って言ったけど……まっすぐどころか何度も曲がったり別な穴を通ったりして下へ下へ進んでいるよ。

女将さんは俺たちを案内しながら喋りまくった。

「緑龍の村はいいところって話よね。あたしも行ってみたいわぁ……ああ、マックドエルがお土産を何度か持ってきたわね。美味しいのはなんといってもお酒よお酒。あのね、あたしらエルダードワーフは主に穴倉で生活してるけど、穴の外には馬鹿みたいに広い麦畑と蒸留所があるのよ。そこで火酒やエールを造ってんの。エルダードワーフの酒は酒精が強いからすぐに頭がフラフラしちゃう。でも緑龍の村のお酒はスーッとして気持ちいいのよ。ああ、あたしも緑龍の村に行ってみたいねぇ」

「は、はい……」

と、こんな感じで喋りっぱなし……シェリーは周囲をキョロキョロしながら歩き、エイラちゃんは歩き疲れたのかシェリーにおぶさると寝てしまった。

　というわけで、女将さんの相手はもっぱら俺がしていた。

「村長さん。これからも美味しいお酒をよろしく……あ、着いた着いた。ここがドンドラングの工房よ」

「よ、ようやく着きましたか……」

　女将さんの話に付き合うこと数十分……相槌を打つのにも疲れた頃、ようやく到着した。

　壁のトンネルを抜けると、広い空間に半円形の家が建っていた。家の中からはカーンカーンと鉄を打つ音が響いている。どうやら作業中みたい。

　だが、女将さんはそんなの構わず、家のドアを叩く。

「ドンドラング、おーいドンドラング‼　お客さんだよ‼」

　しかし、鉄を打つ音は止まらない……ていうか、たぶん聞こえてない。

「ったく、男ってのは一度始めると止まりゃしない。あんたら、中に入るよ」

「え、勝手に入っていいんですか？」

「いいさ。ほら入んな」

「えっと……お兄ちゃん、どうする？」と、シェリー。

　人の家に勝手に入るのは……と、俺とシェリーが悩んでいると、女将さんはドアを開けて中へ。

　家かと思いきや、中は作業場だ。炉（ろ）があり、鉄を打つ場所があり、壁にはいろんな道具が並んでいる。

　そして、一人のエルダードワーフがドロドロした真っ赤な液体に鉄の塊を突っ込んでは引き上げ、ふやけた鉄をハンマーで叩いていた。

「ドンドラング‼　客だって言ってんだろ⁉」

「あぁ？　おお、ドードンのとこの女将じゃねぇか。なんか用か？」

「お客だよお客。緑龍の村から来た村長さんだよ‼」

「なぬ？　緑龍の村って……ああ、そうかそうか。アウグストんとこの」

　この人がエルダードワーフの長、ドンドラングさんか。

　刈り上げた白髪、しわだらけの顔。なのに身体は筋骨隆々というアンバランスさだ。

　エルダードワーフの中でも高齢なのは間違いないだろうけど、老人という雰囲気は一切ない。

　女将さんに案内のお礼にセントウ酒を一本渡すと、嬉しそうに抱えて帰っていった。

「ドンドラングじゃ。エルダードワーフの古株で長なんて呼ばれとる。よろしくな」

「アシュトと申します。こちらは妹のシェリーと……付き添いのエイラです」

「初めまして。シェリーと申します」

　そんな感じで自己紹介を済ませた途端に聞かれる。

「おう。で、なんか用か？」

「はい。緑龍の村にいるエルダードワーフたちにはとてもお世話になってますから、一度故郷にお伺いしてきちんとご挨拶をしようと思いまして。ささやかですがこちらをお納めください」

俺はカバンから土産を取り出す。

セントウ酒、清酒、果実酒の瓶だ。全て緑龍の村で造ったものである。

ドンドラングさんは目をキラキラさせた。

「ほ!! こりゃ嬉しいね。こうまでされちゃ今日の仕事はおしまいだ。早速飲もうぜ!!」

「は、はい。あの、マックドエルさんと一緒に来たんですけど」

「あん？ マックドエルの野郎と来たのか。まぁそのうち顔出すだろ。ほっとけほっとけ」

ドンドラングさんは作業場の片隅にあったわずかな生活空間に移動する。わずかすぎてさっきは気付かなかったぞ……

椅子を出し、カップを出すドンドラングさん。

床に布団を敷き、疲れて眠そうなエイラちゃんを寝かせると、俺とシェリーは椅子に座った。

清酒をカップに注ぎ、乾杯する。

「では、出会いに感謝して……かんぱい!!」

「「乾杯」」

ドンドラングさんの音頭(おんど)でグラスを合わせ乾杯。

ドンドラングさんは一気に清酒を飲み干し「カーッ!!」と息を吐いた。

「うんめぇ酒じゃねぇか!! なぁおい!!」

「うちのハイエルフが造った酒です。ワーウルフ族のコメを使ったもので、自信作だそうですよ」

エルミナのドヤ顔が目に浮かぶ。

シェリーはドンドラングさんのカップにお代わりを注いだ。

「いやぁ、緑龍の村の話は聞いとったが、仕事が忙しくてなかなか顔を出せんでなぁ……」

「いえ、俺も挨拶できなかったので。こうして会えて嬉しいです」

「がっはっは!! 大したもてなしもできず済まねぇな」

「いやいや。というか驚きました、この穴倉の飲食店、全て無料なんですよね」

「おう。穴掘ってると穴モグラみてぇな美味い害獣がわんさと出やがるし、酒は飲み水だしな。わしらの作った武具や生活用品は物々交換で果物や食料になるし、食うのにはまったく困ってねぇ。外に行けばわかるが、とんでもねぇ広さの麦畑や蒸留所もあるぞ」

こうして、マックドエルさんとディアムドさんが来るまで、俺たちは会話を楽しんだ。


マックドエルさんとディアムドさんが合流した後は、酒盛りはさらに盛り上がった。

この人数で室内は狭いので外に移動し、マックドエルさんが持ってきた料理や酒をテーブルに並べて夕飯にする。

寝ていたエイラちゃんも起きて、ディアムドさんの太ももを椅子にしてパンを食べている。

酒が進んでいくうちに、会話も弾む。

「おうマックドエル、わしも緑龍の村に連れてけや‼　うめぇ酒が飲み放題なんだろぉ？」

「馬鹿言うんじゃねぇドンドラング。おめぇみてーな飲んだくれ連れてったら酒がいくらあっても足りねぇっつの。なぁディアムドよぉ？」

「……そ、そうか？」

「がっはっは。お嬢ちゃん、ここのメシは美味いかぁ？」

「おいしーの‼」と、エイラちゃん。

「がーっはっは‼　なぁマックドエルよぉ、子供はめんこいなぁ‼」

「ドンドラング、酔いすぎだっつーの……シェリーの嬢ちゃん、頭に氷落としてやれ‼」

「じゃあ軽く、ほいっ」

そう言ってシェリーが杖を振ると、ドンドラングさんの頭の上に魔法で生み出された小さな氷の粒がパラパラ落ちてきた。

そのうちいくつかの粒が背中に入り、ドンドラングさんは冷たさで大慌て……それを見た俺たちはゲラゲラ笑う。


……こうして、楽しい時間はあっという間に過ぎていく。

そして、すっかり上機嫌のマックドエルさんが言う。

「お、そうだ。なぁ村長、エルダードワーフの穴倉名物、堪能したくねぇか？」

「名物？」

「おおよ。エルダードワーフの穴倉名物、地下大温泉よ」

「おんせん……そういえば、フロズキーさんも言ってました。穴倉には大きな浴場があるって」

マックドエルさんに話を振ると大きく頷く。

「ああ。『大地の血』で温められた地下水が穴倉に溜まっててな。その湯を求めて他種族も多く入りに来る」

すると、ドンドラングさんはドンと胸を叩く。

「がーっはっは‼　地下大温泉ぐれぇじゃ、まだまだあめーなマックドエル」

「あぁん？」

「アシュトには特別だ。エルダードワーフの穴倉とっておきの浴場を使わせてやるよ。ああ、お嬢ちゃんも一緒で構わねぇぜ」

ドンドラングさんは自信満々に言った。


ほろ酔いのドンドラングさんに案内されたのは、家の裏手に作られた隠し通路だった。

マックドエルさんは怪訝（けげん）そうに言う。

「おいドンドラング、なんだこの通路は」

「わしが掘った秘密の通路じゃ。マックドエル、他の連中には内緒だぞ」

「ったく、しゃーねージジィだな」

通路を抜けていくと、半円形の空間に出た。そして……そこは『浴場』になっていたのである。地面がくり抜かれ、緑龍の村のロテンブロみたいに整備されている。驚いたことに、お湯は乳白色で、昔試してすぐにやめた『ミルク湯』みたいだった。

　これにはマックドエルさんも驚く。

「おい、なんだこれ？　こんな色した湯は初めて見たぞ」

「わしも詳しく知らん。いつの間にかこんな色の湯が湧き出してな、試しに入ってみたらもう蕩けそうになるくらい気持ちよくての……穴倉でもここにしか湧いとらんようだし、わし専用の湯にしたんじゃ」

「ったく、このジジィ……まぁいい」

ドンドラングさんの言葉にマックドエルさんは呆れていた。

しかし不思議な色だ。ミルク色よりもやや薄く、匂いも不思議と甘い。

手で湯を掬（すく）ってみると、手触りはトロトロしている。

「…………」

成分が気になったので『緑龍の知識書（ムルシエラゴ・グリモワール）』を開き、再び湯を掬う。

すると……衝撃の結果が。

＊＊＊＊＊＊＊＊＊＊＊＊＊＊＊＊＊＊＊＊＊＊＊＊＊

〇ソーマ水

万能水とも呼ばれてます♪　大地の栄養たっぷり♪

飲んでよし、浸かってよし、素材にしてよしの三拍子そろってま〜す!!

＊＊＊＊＊＊＊＊＊＊＊＊＊＊＊＊＊＊＊＊＊＊＊＊＊

「え……そ、ソーマ水って」

このお湯……エリクシールの素材、最後の一つだ。

エリクシールの素材の最後の一つが、エルダードワーフの穴倉にある隠し温泉のお湯だったなんて……

かなりの衝撃であり、俺はしばし茫然……乳白色をしたトロトロの温泉を前に沈黙した。

「お兄ちゃん、お兄ちゃん？　おーい」

「おにーたん、どうしたのー？」

「……ふむ、気を失っているわけではないな」

シェリー、エイラちゃん、ディアムドさんの声もほぼ耳に入らない。

「固まっちまった……おいドンドラング、この温泉のせいじゃねーか？」

「アホぬかせ。わしも入っちょるが問題ねぇよ。つーかこの温泉はな、どんなに汚れた状態で湯に浸かっても身体は一瞬で綺麗になっちまうし、このトロトロの湯が汚れることもねぇんだ。すっげぇだろ？」

「そんな湯を独り占めか……ったく」

「ここしか湧いてねーんだよ。長であるわしの特権っちゅうことでいいじゃろ」

「まぁいい。それより、村長たちに使わせてやれ。オレは大浴場に行くからよ……おいディアムド、おめーも付き合えや。風呂上がりにうめぇ酒飲ませてやる」

「……付き合おう」

「おとーたん、わたしもいくー!!」

ディアムドさんはエイラちゃんを肩に乗せ、マックドエルさんと一緒に引き返していった。

ドンドラングさんに背中を叩かれ、俺はようやく我に返る。

「アシュト、嬢ちゃん。今日は貸しきりにしてやるよ!!　じゃあな」

そう言って、ドンドラングさんも出ていった。残されたのは俺とシェリー。

「お兄ちゃん、お風呂入ろ!!　……特別に一緒に入ってあげる」

「ああ。それより聞いてくれシェリー、この乳白色の湯……なんと、ソーマ水なんだ!!」

「ふーん。そんなことよりお風呂お風呂!!　このトロトロ、お肌によさそうかも〜。ミュディが知ったら羨ましがるだろうなぁ」

「おい、そんなことってなんだ。いいか。ソーマ水はエリクシールの素材、最後の一つで――」

「いいから!!　話は湯船で聞いてあげる」

シェリーに急かされて服を脱いでタオルを巻き、俺たちは早速湯船に浸かった。

「「はぁぁ～～～……」」

俺とシェリーは同時に息を吐く。

トロトロの乳白色の湯は肌に絡みつくようで、ヌメヌメしているが決して気持ち悪いわけではない。

シェリーは湯を掬い、身体に馴染ませる。

「お兄ちゃん、このお湯……すっごくしっとりする」

「たぶん、風呂から上がるとお肌がスベスベになるぞ。いいか？　このソーマ水はエリクシールの素材の最後の一つで」

「はいはい。それより、あんまりこっち来ないでよね」

妹の裸に興味はありませんのでご安心を。でも、これだけは言いたい。

「シェリー、これでエリクシールの素材が全て揃う。ドンドラングさんに頼んで、この乳白色の湯を分けてもらおう……ふふふ、村に戻ってエリクシールの製作に取りかかるぞ」

「エリクシールねぇ。確か、万能の秘薬だっけ？」

「ああ。飲めばどんな病も瞬時に治し、心臓が動いてさえいればどんな傷もたちまち癒す。四肢の

欠損すら修復するって話だ」

「詳しいねー……」

「薬師の間では伝説だしな。シャヘル先生もエリクシール関連の本を何冊も読んでたし」

「あれ？　……そういえば、エリクシールってビッグバロッグ王国の『神物庫』にあるんじゃなかったっけ？　軍にいた時にそんな話聞いたことあるわ」

「俺も聞いたな。ビッグバロッグ王国の宝物庫のさらに奥にあって、ビッグバロッグ国王のみ開けることが許されるって話だな。噂じゃ、エリクシールに始まり、妖精の秘薬や伝説の武具、神から賜った魔道具やらが安置されてるって聞いたことあるな」

「へぇ～……それって実際にはどんな感じなんだろ？」

「さぁなぁ。でも、リュドガ兄さんですら近付けない神物庫だ。中身を知る機会はないだろうな」

ここまで喋り、俺はソーマ水で顔を洗う。

「お兄ちゃん、エリクシールを作ってどうすんの？」

「……いや、別に。まぁその、薬師の夢だし」

「大怪我した人が出れば別だけど、普通の病気には使えないかもねー。だってお兄ちゃんやフレキ、エンジュもいるしさ。十分治療できてるでしょ」

「……まあそうだけども」

「でも、ま、帰ったらやってみたら？」

「ああ。ふふふ……ワクワクが止まらないぜ」

風呂から上がり、早速ドンドラングさんにソーマ水をもらえないか交渉した。

「あの湯が欲しい？　ああ、持ってけ持ってけ」

と、二つ返事で了承。

ドンドラングさんに巨大な樽を作ってもらい、その中にたっぷりソーマ水を注いで蓋をする。そして樽を木箱に詰める。

こうしてできた木箱が十箱。これをディアムドさんに運んでもらい、センティに載せた。


そして翌日。この日はマックドエルさんが穴倉を案内してくれた。

エルダードワーフたちの工房や、穴倉内にある別の飲食店街、そして穴倉の外に広がる広大な麦畑や、緑龍の村にある蒸留所とは比べものにならない大きさの蒸留所など、エルダードワーフの技術に大いに感心した。

そして、この日も夜は宴会。

ディアムドさんが近場で魔獣を狩り、それを穴倉の外で丸焼きにしていたら、匂いに釣られたエルダードワーフたちが大勢集まり、蒸留所から酒樽を運んできて大宴会となってしまった。

エルダードワーフたちが自ら作った楽器を奏で、ヘタクソな歌を歌い、酒を飲み……男だらけだったけど、すっごく楽しかった。

ちなみにシェリーは、氷魔法でエールを冷やしてエルダードワーフたちに振る舞ったところ感謝されていた。

宴会は深夜まで続き、全員が酔い潰れる形で朝になった。


そして、この日は緑龍の村に帰る日。

俺たちはセンティに乗る。マックドエルさんはお供のオオトカゲとのんびり帰るそうだ。

見送りはドンドラングさん。

「いやぁ～、昨日は最高の宴だったぜ‼　また来てくれや」

「あはは……ちょっと飲みすぎたかもしれないですけど」

「がっはっは‼　いい酒はいくらでも入るもんだ。それと、あの風呂の湯が欲しければいつでも言いな。好きなだけ送ってやるからよ」

「ありがとうございます。その時はよろしくお願いします」

ディアムドさんもドンドラングさんと握手し、エイラちゃんはディアムドさんに肩車してもらい、

「ありがとー‼」と言って手を振った。

『じゃ、行くっすよー』

「ああ、頼む」

センティがゆっくり歩きだし、俺とシェリーはドンドラングさんに手を振る。

エルダードワーフの故郷、エルダードワーフの穴倉か……また来よう。

センティに揺られながら、シェリーが笑顔を見せる。

「お兄ちゃん、楽しかったね。ちょっと蒸し暑かったけど……」

「ああ。また来ような」

「うん!!」

さて、村に帰ったら……いよいよエリクシールを製作するぞ!!

異世界ゆるり紀行
子育てしながら冒険者します
1~15
水無月静琉
Minazuki Shizuru
シリーズ累計110万部突破!!
(電子含む)
2024年7月
TVアニメ
放送開始!!
(テレ東・BSテレ東ほか)
1~15巻
好評発売中!
コミックス
1~8巻
好評発売中!
子連れ冒険者の
のんびりファンタジー!
神様のミスで命を落とし、転生した茅野巧。様々なスキルを授かり異世界に送られると、そこは魔物が蠢く森の中だった。タクミはその森で双子と思しき幼い男女の子供を発見し、アレン、エレナと名づけて保護する。アレンとエレナの成長を見守りながらの、のんびり冒険者生活がスタートする!
異世界ゆるり紀行
子育てしながら冒険者します
水無月静琉
転生したら双子を保護しました。
子連れ冒険者の異世界のんびりファンタジー!
特別賞受賞作
異世界ゆるり紀行
子育てしながら冒険者します
水無月静琉
みずなともみ
1
転生したら、幼い双子を保護しました。
シリーズ累計15万部!!
◉各定価:1320円(10%税込) ◉Illustration:やまかわ
◉漫画:みずなともみ B6判 ◉各定価:748円(10%税込)

HIROAKI NAGASHIMA
永島ひろあき
さようなら竜生、こんにちは人生
GOOD BYE DRAGON LIFE.
1~24
シリーズ累計
100万部!
(電子含む)
ネットで
話題!
2024年
TVアニメ化
決定!
コミックス
1~12巻
好評発売中!
最強最古の神竜は、辺境の村人ドランとして生まれ変わった。質素だが温かい辺境生活を送るうちに、彼の心は喜びで満たされていく。そんなある日、付近の森に、屈強な魔界の軍勢が現れた。故郷の村を守るため、ドランはついに秘めたる竜種の魔力を解放する!
1~24巻 好評発売中!
ネットで話題!
最強竜が人に転生!
「ふむ、村人生活も悪くないな」
さようなら竜生こんにちは人生 1
最強竜が人に転生!
「村人生活も悪くない」
待望のコミカライズ!!
20万部!

自由を求めた第二王子の勝手気ままな辺境ライフ

著 おとら

辺境への追放は…実は計画通り!?

これからはまったり自由に暮らします

シュバルツ国の第二王子クレスは、ある日突然、父親である国王から、辺境の地ナバールへの追放を言い渡される。しかしそれは王位争いを避けて、自由に生きたいと願うクレスの戦略だった！　ナバールへ到着して領主になったクレスは、氷魔法を使って暑い辺境を過ごしやすくする工夫をしたり、狩ってきた獲物を料理して領民たちに振る舞ったりして、自由にのびのびと過ごしていた。マイペースで勝手気ままなクレスの行動で、辺境は徐々に活気を取り戻していく!?　超お人好しなクレスののんびり辺境開拓が始まる——！

◉定価：1430円（10%税込）　◉ISBN 978-4-434-33767-3

◉illustration：ゆのひと

夢の
テンプレ幼女転生、
はじめました。
憧れののんびり冒険者生活を送ります
uino
ういの
チート能力てんこ盛りの
5歳
新米冒険者
のんびり冒険したいだけなので、
世話焼きはほどほどに!!
誕生です!
アルファポリス第16回ファンタジー小説大賞奨励賞受賞作!!
トラックにひかれ、気がつくと異世界で5歳児に転生していた元OLの七瀬千那(ななせちな)、28歳。偶然出会った3人組のイケメン冒険者パーティーに保護されたチナだったが、なんと彼女は神の子供で精霊姫の称号を持つ、唯一無二の存在だった！ チート能力だらけのチナを優しく受け入れてくれた3人のすすめで、チナは憧れだった冒険者になることに。もふもふの神獣や個性豊かな精霊王たち、ちょっと過保護な仲間たちに見守られながら、チナの自由気ままな冒険者ライフが幕を開ける――！
●定価：1430円（10%税込）　●ISBN 978-4-434-33916-5　●illustration：蒼

自宅アパート一棟と共に異世界へ

如月雪名
Kisaragi Yukina

蔑まれていた令嬢に転生(?)しましたが、自由に生きることにしました

アルファポリス
第16回
ファンタジー小説大賞
特別賞
受賞作!!

異空間のアパート⇔異世界の
悠々自適な二拠点生活始めました!

ダンジョン直結、異世界まで
徒歩0分!?

異世界転移し、公爵令嬢として生きていくことになったサラ。転移先では継母に蔑まれ、生活環境は最悪。そして、与えられた能力は異空間にあるアパートを使用できるという変わったものだった。途方に暮れていたサラだったが、異空間のアパートはガス・電気・水道使い放題で、食料もおかわりOK！　しかも、家を出たら……すぐさま町やダンジョンに直結!?　超・快適なアパートを手に入れたサラは窮屈な公爵家を出ていくことを決意して——

◉定価：1430円（10%税込）　◉ISBN 978-4-434-33917-2

◉illustration：くろでこ

author
akechi
転生皇女は冷酷皇帝陛下に溺愛されるが夢は冒険者です！
1・2
最強娘父（おやこ）爆誕!!
大賢者から転生したチート幼女が
過保護パパと帝国をお掃除します！
アウラード大帝国の第四皇女アレクシア。母には愛されず、父には会ったことのない彼女は、実は大賢者の生まれ変わり！魔法と知恵とサバイバル精神で、冒険者を目指して自由を満喫していた。そんなある日、父である皇帝ルシアードが現れた！冷酷で名高い彼だったが、媚びへつらわないアレクシアに興味を持ち、自分の保護下へと置く。こうして始まった奇妙な“娘父生活”は事件と常に隣り合わせ!?　寝たきり令嬢を不味すぎる薬で回復させたり、極悪貴族のカツラを燃やしたり……最強幼女と冷酷皇帝の暴走ハートフルファンタジー、開幕！
●2巻 定価：1430円（10%税込）／1巻 定価：1320円（10%税込）　●illustration：柴崎ありすけ
転生皇女は冷酷皇帝陛下に溺愛されるが夢は冒険者です 2
akechi
チート幼女（3歳）が、魔国の王妃になっちゃいます!?
最強娘父爆誕!!

Dogu no Tomo
著 土偶の友
転生幼女はお願いしたい
TENSEI YOJO HA ONEGAI SHITAI!
1・2
～100万年に1人と言われた力で自由気ままな異世界ライフ～

土偶の友
転生幼女はお願いしたい
2
100万年に1人の力でお悩み解決してみせます！
こっそり平和に暮らすつもりが…
暮らしたい！

この作品に対する皆様のご意見・ご感想をお待ちしております。

おハガキ・お手紙は以下の宛先にお送りください。

【宛先】

〒150-6019 東京都渋谷区恵比寿 4-20-3 恵比寿ｶﾞｰﾃﾞﾝﾌﾟﾚｲｽﾀﾜｰ 19F
（株）アルファポリス　書籍感想係

メールフォームでのご意見・ご感想は右のＱＲコードから、
あるいは以下のワードで検索をかけてください。

ご感想はこちらから

本書は Web サイト「アルファポリス」（https://www.alphapolis.co.jp/）に投稿されたものを、改稿、改題、加筆のうえ、書籍化したものです。

大自然の魔法師アシュト、廃れた領地でスローライフ 10

さとう

2024年5月31日初版発行

編集－田中森意・芦田尚
編集長－太田鉄平
発行者－梶本雄介
発行所－株式会社アルファポリス
〒150-6019 東京都渋谷区恵比寿4-20-3 恵比寿ｶﾞｰﾃﾞﾝﾌﾟﾚｲｽﾀﾜｰ19F
TEL 03-6277-1601（営業）　03-6277-1602（編集）
URL https://www.alphapolis.co.jp/
発売元－株式会社星雲社（共同出版社・流通責任出版社）
〒112-0005 東京都文京区水道1-3-30
TEL 03-3868-3275
装丁・本文イラスト－Yoshimo
装丁デザイン－AFTERGLOW
印刷－中央精版印刷株式会社

価格はカバーに表示されてあります。

落丁乱丁の場合はアルファポリスまでご連絡ください。

送料は小社負担でお取り替えします。


ISBN978-4-434-33924-0 C0093